PRINCIPIA DISCORDIA

Penumbra Livros

Primeira Edição
São Paulo, 2017

Edição: Lívia Andrade

Tradução: Vinicius Ferreira e Lívia Andrade

Com contribuições dos Discordianos Brasileiros

1ª Reimpressão

Dados Internacionais de Catalogação na Publicação (CIP)

P957 Principia discordia.-São Paulo: Penumbra, 2016.
128 p.

ISBN 978-85-69871-05-7

1. Mitologia grega. 2. Fnord. I. Título

CDD-299

(fnord)

A OBRA ÓPICA DE MALACLYPSE O JOVEM

ISTO NÃO É SPAM

PRINCIPIA DISCORDIA

ou

Como Encontrei A Deusa E O Que Fiz Com Ela Quando A Encontrei

Onde se Explica Absolutamente Tudo
Que Vale A Pena Saber
Sobre Absolutamente Qualquer Coisa

Uma jarra de vinho.
Um pernil de cordeiro
e tu!
Ao meu lado,
assobiando
na escuridão.

Não Estejais Vós Perdidos Entre Os Preceitos Da Ordem...
LIVRO DE UTERUS 1;5

Alguns trechos de uma Entrevista com Malaclypse o Jovem concedida ao *GAZETA-NOTÍCIAS-DIÁRIO-TRIBUNA-JORNAL-FOLHA-CORREIO DA GRANDE METRÓPOLE DE YORBA LINDA E AO BOLETIM DA CABALA DA SOCIEDADE DISCORDIANA DE SÃO FRANCISCO E AO NOTÍCIAS INTERGALÁTICAS & PAPA BOSTA*

GRANDE BOSTA: Você é sério mesmo, ou o quê?
MAL-2: Às vezes eu levo o humor a sério. Às vezes levo a seriedade na brincadeira. De qualquer maneira, é irrelevante.

GB: Talvez você só seja maluco.
M2: Realmente! Mas não considere estes ensinamentos falsos por eu ser maluco. O motivo de eu ser maluco é o fato deles serem verdadeiros.

GB: Éris é de verdade?
M2: Tudo é verdadeiro.
GB: Mesmo o que é falso?
M2: Até o que é falso é verdadeiro.
GB: Como isso é possível?
M2: Sei lá, cara, não fui eu que fiz.

GB: Por que você usa tantas negativas?
M2: Para dissolvê-las.
GB: Você pode explicar isso um pouco melhor?
M2: Não.

GB: Existe um significado essencial por trás da POEE?
M2: Existe uma História Zen sobre um estudante que pediu a um Mestre para explicar o significado do Budismo. A resposta do Mestre foi "Três libras de linho".
GB: Essa é a sua resposta para a minha pergunta?
M2: Não, claro que não. Isso é apenas ilustrativo. A resposta para a sua pergunta é CINCO TONELADAS DE LINHO!

aniquilação suspensa

QUARTA EDIÇÃO *ODD# II/2,xii;68Chs3136*

PRINCIPIA DISCORDIA
ou
COMO ENCONTREI A DEUSA & O QUE FIZ COM ELA QUANDO A ENCONTREI

uma Introdução Inicial aos Mestérios Erisianos

O QUE É DEVERAS INTERESSANTE

conforme Divinamente Revelado a
Meu Reverendíssimo MALACLYPSE O JOVEM, GCS
Onibenevolente Polipadre da Virgindade Dourada
e ALTO SACERDOTE da
PARATEO-ANAMETAMISTICALIDADE DE ÉRIS ESOTÉRICA (POEE)

SALVE ÉRIS! — καλλιχτι — *LOUVEMOS A DISCÓRDIA!*

Dedicado à Mais Bela

O som de uma única mão batendo palmas

- CABALA JOSUÉ NORTON -

Surrealistas, Arlequinistas, Absurdistas e Artistas Doidões Porradeiros

POEE
é uma manifestação da
SOCIEDADE DISCORDIANA
sobre a qual
você vai aprender mais
e entender
menos

Nós
somos uma tribo
de filósofos, teólogos,
magos, cientistas,
artistas, palhaços,
e maníacos afins
intrigados
com
ÉRIS
DEUSA DA CONFUSÃO
e com
Seus
Atos

INSPECIONADO
INTEGRIDADE GARANTIDA PELO
E.U.A.
DEPARTAMENTO DE AGRICULTURA
CO-CO

OFICIAL
SOCIEDADE DISCORDIANA
SALVE ÉRIS

00001

EU LHE DIGO: É PRECISO AINDA TER
O CAOS DENTRO DE SI PARA CONCEBER
UMA ESTRELA DANÇANTE -Nietzsche

O CAO

SAGRADO

OS CINCO MANDAMENTOS (O PENTARROTO)

NÃO HÁ DEUSA ALÉM DE ÉRIS

O PENTARROTO foi descoberto pelo eremita Apóstolo Zarabaque no Quinto Ano da Lagarta. Ele o encontrou gravado em pedra dourada, enquanto construía um solário para sua caverna, mas sua importância se perdeu pois ele estava escrito em uma cifra misteriosa. No entanto, após 10 semanas & 11h de intenso escrutínio, ele percebeu que a mensagem podia ser lida plantando bananeira e vendo-a de cabeça para baixo.

SAIBA DISSO Ó HOMEM DE FÉ!

I - Não há Deusa além da Deusa e Ela é Sua Deusa. Não há Movimento Erisiano além dO Movimento Erisiano e ele é O Movimento Erisiano. E todo Caroção da Maçã Dourada é o lar doce lar de um Bichinho Dourado.

II - Um Discordiano Deve Sempre usar o Sistema Oficial de Numeração de Documentos Discordianos.

III - Um Discordiano Necessita, no início de sua Iluminação, Sair Sozinho & Alegremente Degustar um Cachorro Quente em uma Sexta-Feira; esta Cerimônia Devocional Protesta contra os Paganismos populares destes Dias: do Cristianismo Católico (nada de carne na Sexta-Feira), do Judaísmo (nada de carne de Porco), dos Povos Hindus (nada de carne de Boi), dos Budistas (nada de carne de animais), e dos Discordianos (nada de Pães de Cachorro Quente).

IV - Um Discordiano não deve Degustar Nenhum Pão de Cachorro Quente, pois Tal foi o Consolo de Nossa Deusa quando Confrontada com A Esnobada Original.

V - Um Discordiano é Proibido de Acreditar Naquilo que Lê.

ASSIM ESTÁ ESCRITO! QUE ASSIM SEJA. SALVE A DISCÓRDIA! PROCESSADORES SERÃO TRANSGREDIDOS.

PERGUNTA TESTE da Cabala Topanga A ESCOLA DAS FAMOSAS DOZE MENTES DE BUDA: Se eles são nossos irmãos, por que não podemos comê-los?

UMA HISTÓRIA ZEN

por Camden Benares, O Conde dos Cinco
Diretor, Cabala Acampamento do Manso

Um jovem sério achava confusos os conflitos da América dos meados do século 20. Ele foi a muitas pessoas buscando uma forma de resolver dentro de si as discórdias que o incomodavam, mas continuava incomodado.

Uma noite, em um café, um Mestre Zen auto-ordenado disse a ele, "Vá até a mansão em ruínas que você vai encontrar neste endereço que escrevi para você. Não fale com aqueles que vivem lá; você deve permanecer calado até o nascer da lua amanhã à noite. Vá até o quarto grande à direita do pátio principal, sente em posição de lótus na pilha de escombros no canto noroeste, vire-se para o canto, e medite".

Ele fez como o Mestre Zen o instruiu. Sua meditação foi frequentemente interrompida por preocupações. Ele se preocupava se o resto do encanamento iria ou não cair do banheiro do segundo andar e se juntar ao resto do lixo no qual ele estava sentado. Ele se preocupava sobre como saber se a lua haveria nascido na noite seguinte. Ele se preocupava com o que as pessoas que passavam pelo quarto diziam sobre ele.

Sua preocupação e meditação foram atrapalhadas quando, como em um teste de sua fé, excrementos caíram sobre ele do segundo andar. Neste momento duas pessoas entraram no quarto. A primeira perguntou à segunda quem era aquele homem sentado ali. A segunda respondeu: "Alguns dizem que é um homem santo. Outros dizem que ele tem merda na cabeça".

Ao ouvir isso, o homem foi iluminado.

a não ser que o caráter de deferimento seja indicado pelo símbolo adequado

WESTERN UNION
TELEGRAMA®

SÍMBOL
CD = Carta Di
CN = Carta No
CT = Carta Tele Internac

O horário de arquivamento indicado na linha de data em telegramas domésticos é o HORÁRIO LOCAL ... OCAL do destina

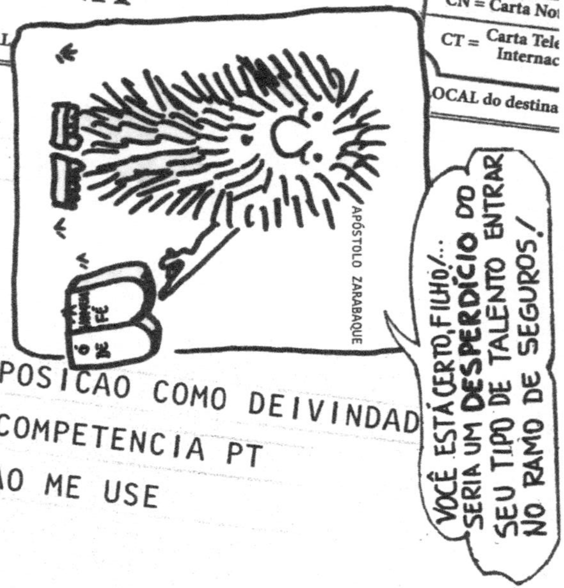

PARA: JEOVA YAHWEH
AOS CUIDADOS:HOTEL CELESTIAL(SUITE 666)
ANDAR PRESIDENCIAL,PARAISO

CARO DEUS;

INFORMO ATRAVES DESTE QUE A SUA ATUAL POSICAO COMO DEIVINDAD
ESTA DORAVANTE ENCERRADA DEVIDO A CLARA INCOMPETENCIA PT
SEU CHEQUE IRA PELO CORREIO PT POR FAVOR NAO ME USE
COMO REFERENCIA

RESPEITOSAMENTE,
MALACLYPSE O JOVEM/ONIBENEVOLENTE POLIPADRE
ALTO SACERDOTE POEE

10. A Terra treme e o Céu chacoalha; as bestas da natureza se reúnem e as nações dos homens se separam; vulcões expelem calor enquanto em outros lugares a água vira gelo e derrete; e então em outros dias só chove.
11. Realmente muitas coisas ocorrem.
LHV; O Livro das Previsões, Cap. 19

A REVELAÇÃO

Logo antes da década de mil novecentos e sessenta, quando o Sputnik era solitário e novo, e mais ou menos na época em que Ken Kesey teve sua primeira viagem de ácido como voluntário médico; antes dos jornais underground, Viet Nam, e boatos sobre uma segunda Revolução Americana; na tranquilidade comparativa do final dos anos cinquenta, logo antes da idéia de RENASCIMENTO tornar-se relevante....

Dois jovens Californianos, conhecidos mais tarde como Omar Ravenhurst e Malaclypse o Jovem, dedicavam-se ao seu hábito de beber café em uma pista de boliche 24 horas enquanto basicamente resolviam os problemas do mundo. Nesta noite em particular, o principal assunto da discussão era a discórdia e eles reclamavam um com o outro sobre a confusão pessoal que sentiam em suas respectivas vidas."Resolva o problema da discórdia", disse um, "e todos os outros problemas sumirão"."Realmente", disse o outro,"o caos e o conflito são as raízes de toda a confusão".

PRIMEIRO EU PRECISO POLVILHAR
VOCÊ COM PÓ DE FADA

De repente o lugar ficou sem luz. Então um absoluto silêncio os embrulhou, e uma grande quietude foi sentida. Então veio o brilho cegante de uma luz intensa, como se suas próprias psiques houvessem explodido em supernovas. Então a visão retornou.

Os dois estavam atordoados e nenhum deles se moveu ou falou por vários minutos. Eles olharam ao redor e viram que os jogadores de boliche estavam congelados como estátuas em diversas poses ridículas, e que uma bola de boliche estava firmemente ancorada ao chão a poucos centímetros dos pinos aos quais fora enviada para derrubar. Os dois se olharam, totalmente incapazes de compreender o fenômeno. Era uma condição de suspensão, e um percebeu que o relógio havia parado.

nenhuma cinta já curou uma gravidez.

Adentrou no ambiente um chimpanzé, desgrenhado e de focinho cinza, ereto, do alto do seu metro e meio de altura, investido de uma majestade natural. Ele carregava um pergaminho e andou até os jovens.

"Cavalheiros", ele disse, "por que a Lua de Pickering orbita ao contrário? Cavalheiros, há mamilos em seus peitos; vocês dão leite? E o que, eu pergunto, Cavalheiros, deve ser feito sobre a Lei de Heisenberg?". Ele pausou. "ALGUÉM TEVE QUE COLOCAR TODA ESSA CONFUSÃO AQUI!"

E assim ele revelou seu pergaminho. Era um diagrama, como um yin-yang com um pentágono em um lado e uma maçã no outro. E então ele explodiu e os dois perderam a consciência.

ÉRIS - DEUSA DO CAOS, DISCÓRDIA E CONFUSÃO

Eles acordaram ao som de pinos se chocando, e encontraram os jogadores envolvidos com seus jogos e as garçonetes ocupadas fazendo café. Aparantemente sua experiência fora privada.

Eles discutiram seu estranho encontro e reconstruíram de memória o diagrama do chimpanzé. Ao longo dos próximos cinco dias eles procuraram bibliotecas para descobrir o significado, mas ficaram decepcionados ao encontrar apenas referências ao Taoismo, à bandeira da Coréia e à Tecnocracia. Somente quando decifraram o escrito em Grego na maçã eles descobriram a antiga Deusa conhecida pelos Gregos como ÉRIS e pelos Romanos como DISCÓRDIA. Isto foi na quinta noite, e quando eles dormiram naquela noite, ambos tiveram um sonho vívido de uma mulher esplêndida, cujos olhos eram macios como plumas e profundos como a própria eternidade, e cujo corpo era a espetacular dança de átomos e universos. Pirotecnias de pura energia formavam seu cabelo esvoaçante, e arco-íris manifestavam-se e dissolviam-se enquanto ela falava com uma voz cálida e gentil:

Eu vim lhes dizer que vocês são livres. Muitas eras atrás, Minha consciência deixou o homem, para que ele pudesse se desenvolver. Eu voltei e encontrei este desenvolvimento próximo do fim, mas prejudicado pelo medo e pela falta de compreensão.

Vocês construíram para vocês mesmos armaduras psíquicas; e protegidos por elas, sua visão é restrita, seus movimentos são atrapalhados e dolorosos, sua pele é ferida e seu espírito é grelhado pelo sol.

Eu sou o caos. Eu sou a substância da qual seus artistas e cientistas constroem ritmos. Eu sou o espírito com o qual suas crianças e palhaços riem em feliz anarquia. Eu sou o caos. Eu estou viva, e eu lhes digo que são livres.

Durante os próximos meses eles estudaram filosofias e teologias, e aprenderam que ÉRIS ou DISCÓRDIA era primariamente temida pelos antigos por ser disruptiva. De fato, o próprio conceito de caos ainda era considerado equivilente ao conflito e tratado como uma coisa negativa. "Não é de se espantar que tudo esteja tão zoado", eles concluíram, "eles entenderam tudo errado". Eles descobriram que o princípio da desordem era precisamente tão significativo quanto o princípio da ordem.

Com isso em mente, eles estudaram o estranho yin-yang. Durante uma meditação em uma tarde, uma voz veio a eles:

Ele se chama O CAO SAGRADO. Eu os nomeio Seus Guardiões. Aí encontrarão tudo o que quiserem. Falem de Mim como DISCÓRDIA, para mostrar contraste com o pentágono. Digam à humanidade constrita que não há regras, a não ser que eles queiram inventá-las. Mantenham em mente as palavras de Syadasti: O VENTO É RUIM SE NÃO EXPLODE CABEÇAS. E lembrem-se de que não há tirania no Estado da Confusão. Para maiores informações, consultem suas glândulas pineais.

"Existem verdades triviais e existem grandes verdades. O oposto de uma verdade trivial é simplesmente mentira. O oposto de uma grande verdade também é verdade."
–Neils Bohr

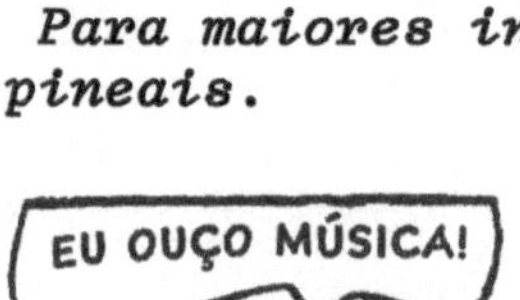

00009

□ SEM PRESSA

"O que é isso?", resmungou um com o outro, "Uma religião baseada nA Deusa da Confusão? Isso é uma maluquice total!".

E com estas palavras, eles se olharam, completamente pasmos. Omar começou a dar risadinhas. Mal começou a gargalhar. Omar começou a pular para cima e para baixo. Mal estava urrando e gritando como se não houvesse amanhã. E entre guinchados de alegria e com lágrimas em suas bochechas, cada um nomeou o outro alto sacerdote de sua própria loucura, e juntos se declararam uma sociedade da Discórdia, para o que quer que isso fosse.

"Você sabia que tem um milhão de dólares escondidos na casa do lado?"
"Mas não tem casa nenhuma do lado."
"Não? Então vamos construir uma!"
-- MARX

00010

Todas as Coisas são Perfeitas
Até o último defeito
E de acordo
Com a Lei de Éris
(LHV; O Livro dos Conselhos 1:7)

FNORDS ⇨ FNORD, FNORD, FNORD, FNORD, FNORD, FNORD, FNORD, FNORD, FNORD, FNORD, FNORD, FNORD, FNORD

Momomoto, Famoso Japonês, consegue engolir seu proprio nariz

Círculo de Costura
APÓIE A POLÍCIA LOCAL
de St. Trinian

O HINO DE BATALHA DA ERISTOCRACIA

por Lorde Omar

VERSO
Minha mente medita no Cao, numa mesa, a girar;
Está onde os Presidentes se encontram para falar
Discutindo sobre A Bomba; que, lançada causa a morte,

O Caroção da Maçã é forte!

REFRÃO
Grande (e atroz) Velha Discordja!
Grande (e atroz) Velha Discordja!
Grande (e atroz) Velha Discordja!

O Caroção da Maçã é forte!

VERSO
Ela não foi convidada para a festa
      que em Ouro Limpo* rolou;
Então jogou uma Maçã dourada,
      a outra face não virou!
Fez o néctar escorrer,
      o Santo Jarro de Ponche quebrou!

O Caroção da Maçã é forte!

** "Ouro Limpo" se refere a Velho Ouro Limpo, comumente chamado pelos Gregos de "O'Limpo".*

E se sócrates quixótico estudasse zen com Zorba...?

00011

"A maré está virando... o inimigo está sofrendo perdas terríveis...

— Gen. Geo. A. Custer

Pessoas em Condição de Conhecimento, S.A

<u>SOBRE A ORAÇÃO</u>

Mal-2 uma vez foi perguntado por um de seus Discípulos se ele rezava frequentemente para Éris. Ele respondeu com as seguintes palavras:

Não, nós Erisianos raramente rezamos, é perigoso demais. Charles Fort listou muitas ocorrências reais de pessoas ignorantes que, ao serem confrontadas com, por exemplo, uma seca, rezaram fervorosamente – e então fizeram suas vilas inteiras serem varridas por inundações torrenciais.

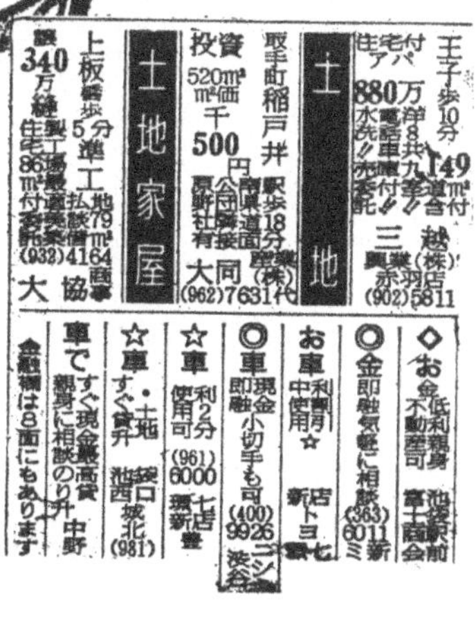

00012

"CLARO QUE EU SOU MALUCO, MAS ISSO NÃO QUER DIZER QUE EU ESTOU ERRADO. EU SOU <u>MALUCO</u> MAS NÃO SOU <u>DOENTE</u>."
(<u>Werewolf Bridge</u>, Robert Anton Wilson)

14. Limpa teu cu com Aquilo que está Escrito e ri como um tolo Daquilo que é Falado. Faz teu refúgio com teu vinho no Nada atrás do Tudo, enquanto corres pelo Caminho.
O SÁBIO ROXO

LHV; O Livro das Previsões, Cap. 19

O céu é embaixo. O inferno é em cima.
Isto se prova pelo fato
de que os planetas e estrelas
estão ordenadamente em seus
movimentos,
enquanto embaixo na terra
nos aproximamos do
caos primordial.
Há quatro outras
provas,
mas me esqueci delas.

— *Josh, o Aneto*

KABALA KING KONG

É MINHA FIRME CRENÇA QUE É UM ERRO TER FIRMES CRENÇAS

°O significado disto é Desconhecido

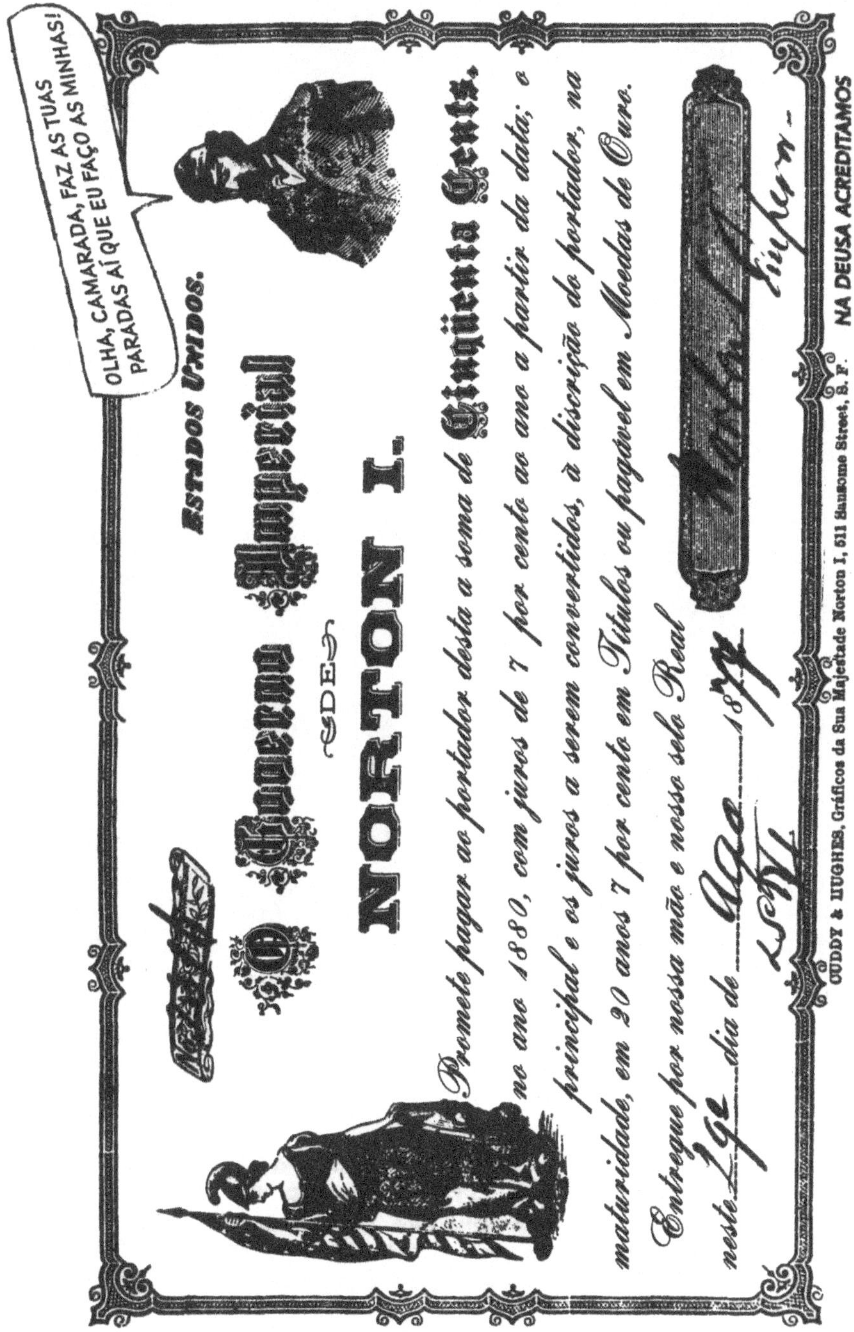

Estados Unidos.

O Governo Imperial

de

NORTON I.

Promete pagar ao portador desta a soma de Cinqüenta Cents, no ano 1880, com juros de 7 por cento ao ano a partir da data; o principal e os juros a serem convertidos, à discrição do portador, na maturidade, em 20 anos 7 por cento em Títulos ou pagável em Moedas de Ouro.

Entregue por nossa mão e nosso selo Real neste dia de 18

CUDDY & HUGHES, Gráficos da Sua Majestade Norton I, 511 Sansome Street, S. F.

NA DEUSA ACREDITAMOS

SEGURANÇA DO ÚLTIMO BANCO
INTERGALÁTICO DE MALACLYPSE
APROVADO E GARANTIDO

Os Gregos Clássicos
não foram influenciados
pelos Gregos
Clássicos

NÃO DISTRIBUIR

O QUE SABEMOS SOBRE ÉRIS (não muito)

Os Romanos deixaram uma imagem Sua para a posteridade — Ela era conhecida como uma mulher grotesca com uma aparência pálida e medonha, Seus olhos incandescentes, Suas vestes rasgadas e esfarrapadas, e uma adaga escondida em Seus Seios. Na verdade, a maioria das mulheres parece pálida e medonha ao esconder uma adaga gelada em seus seios.

Sua genealogia vem dos Gregos, e é deveras confusa. Ou Ela era a gêmea de Ares e filha de Zeus e Hera; ou Ela era filha de Nyx, deusa da noite (que por sua vez era a filha ou esposa de Caos, ou ambos), e do irmão de Nyx, Erebus, e cujos irmãos e irmãs incluiriam Morte, Destino, Zueira, Miséria e Amizade. E que ela teria dado à luz Esquecimento, Tretas, Mentiras, e um bando de deuses e deusas como estes.

Um dia Mal-2 consultou sua glândula pineal* e perguntou a Éris se ela realmente criou todas essas coisas terríveis. Ela lhe disse que Ela sempre gostou dos Velhos Gregos, mas que eles não são confiáveis em assuntos históricos. "Eles eram", Ela complementou, "vítimas de indigestão, se é que você me entende".

Basta dizer que Éris não é simplesmente detestável ou maliciosa. Ela é também, às vezes, perniciosa, e uma vaca de vez e quando.

**A GLÂNDULA PINEAL é onde todo e qualquer um de nós pode falar com Éris. Se você tiver dificuldades em ativar a sua Pineal, experimente o seu apêndice, que faz quase a mesma coisa. Referência: DOGMA I, METAFÍSICA Nº3, "A Indoutrina da Glândula Pineal".*

DIRUIT AEDIFICAT MUTAT QUADRATA ROTUNDUS
--*Horácio*

Por dentro da História!

A LEI DOS CINCO

A Lei dos Cinco é um dos mais antigos Mestérios Erisianos. Ela foi inicialmente revelada ao Bom Lorde Omar, e é uma das grandes contribuições que vieram do Templo Escondido do Jesus Feliz.

A POEE segue a Lei dos Cinco do séquito de Omar. E a POEE também reconhece o Sagrado 23 (2+3=5) que é incorporado pelo Episkopos Dr. Mordecai Malignatius, GCS, em seu séquito Discordiano, Os Ancestrais Videntes Iluminados da Baviera.

A Lei dos Cinco afirma simplesmente que: TODAS AS COISAS OCORREM EM CINCOS, OU SÃO DIVISÍVEIS POR OU MÚLTIPLOS DE CINCO, OU SÃO DE ALGUMA FORMA DIRETAMENTE OU INDIRETAMENTE RELACIONADAS A 5.

A Lei dos Cinco nunca está errada.

Nos Arquivos Erisianos há um antigo memorando de Omar a Mal-2: "Quanto mais eu observo, mais e mais eu vejo a Lei dos Cinco se manifestando".

FAVOR NÃO USAR ESTE DOCUMENTO COMO PAPEL HIGIÊNICO

Os Nagas da Alta Birmânia dizem que o sol brilha de dia porque, sendo mulher, tem medo de sair à noite.

"VOCÊ DESCOBRIRÁ que o ESTADO é o tipo de ORGANIZAÇÃO que, apesar de fazer grandes coisas mal feitas, faz as pequenas coisas igualmente mal."
-- JOHN KENNETH GALBRAITH

O MITO DO POMO DA DISCÓRDIA

Parece que Zeus estava preparando um banquete de casamento para Peleu e Tétis e não queria convidar Éris por causa de sua reputação de encrenqueira.*

Isso deixou Éris furiosa, e assim Ela preparou uma maçã de ouro puro** e nela escreveu KALLISTI ("Para A Mais Bela") e no dia da festa Ela jogou esta maçã no salão do banquete e então saiu e foi alegremente degustar um cachorro quente.

Agora, três das deusas convidadas,*** Atena, Hera e Afrodite, todas imediatamente reivindicaram a maçã para si por causa da inscrição. E então começaram a brigar e distribuir porrada.

Finalmente Zeus acalmou as coisas e declarou que um árbitro seria escolhido, o que era uma sugestão razoável, e todos concordaram. Ele mandou elas a um pastor de Tróia, cujo nome era Paris porque sua mãe era bonitona e era casada com um Francês; mas cada uma das sorrateiras deusas tentou ludibriar as outras chegando mais cedo e oferecendo um suborno a Paris.

Atena ofereceu a ele Vitórias Heróicas em Guerra, Hera ofereceu Grandes Riquezas, e Afrodite ofereceu a ele A Mulher Mais Bela da Terra. Sendo um jovem e saudável rapaz Troiano, Paris prontamente aceitou o suborno de Afrodite, e assim ela recebeu a maçã, e ele se fodeu.

Como ela havia prometido, ela manobrou acontecimentos terrenos de forma que Paris pudesse ter para si Helena (A Helena), que então vivia com Menelau, Rei de Esparta. De qualquer forma, todo mundo sabe que a Guerra de Tróia aconteceu logo depois, quando Esparta exigiu sua Rainha de volta, e que a Guerra de Tróia é considerada À Primeira Guerra entre os homens.

E desta forma, nós sofremos por causa da Esnobada Original. E desta forma, os Discordianos Não devem degustar Pães de Cachorro Quente.

Você acredita nisso?

**Esta é conhecida como A DOUTRINA DA ESNOBADA ORIGINAL.*

*** Há desentendimentos históricos sobre esta maçã ser de ouro metálico ou do tipo "Ouro de Acapulco".*

**** Na verdade havia cinco deusas, mas os Gregos não conheciam a Lei dos Cincos.*

Lembre-se:

KING KONG Morreu pelos seus pecados

5. Uma Era de Confusão, ou uma Era Antiga, é uma era em que a História Como A Conhecemos começa a se desdobrar, na qual O Que Quer Que Esteja Vindo emerge em Forma Corpórea, mais ou menos, e estes tempos são Eras de Desequilíbrio Equilibrado, ou Equilíbrio Desequilibrado.
6. Uma Era da Burocracia é uma Era Imperial na qual as Coisas Amadurecem, na qual a Confusão se torna arraigada e durante a qual o Equilíbrio Equilibrado,ou Estagnação, é atingido.
7. Uma Era da Desordem ou Consequências é um Período Apocalíptico de Transição de volta ao Caos através da Tela do Esquecimento na qual a Era passa, finalmente. Estas são eras de Desequilíbrio Desequilibrado.

LHV; O Livro de Uterus, Cap. 3

HO CHI ZEN
É
KING CONG

VOCÊ SE LEMBRA?

1. Crianças educadas sempre lembrarão que uma igreja é a ________________________ de ________________________.

00019

<u>UM HINO ERISIANO</u>

por Rev. Dr. Mungojerry Barbatana, GBO
Episkopos, OS PANTERAS MAÇÃ DE RAYVILLE

Avante Soldados Cristãos,
Avante Sacerdotes Budistas,
Avante, Frutos do Islã,
Lutem até a morte.
Lutem suas pequenas batalhas,
Unam-se à causa maior;
Para a Glória Suprema,
da Dis-cord-i-a.
Yah, yah, yah,
Yah, yah, yah, yah.
Blfffffffffft!

Sr. Momomoto, famoso Japonês QUE consegue engolir seu próprio nariz, foi DESMASCARADO! FOI RECENTEMENTE REVELADO QUE ERA O IRMÃO DO SR. MOMOMOTO QUEM ANDAVA ENGOLINDO NARIZES ESTE TEMPO TODO

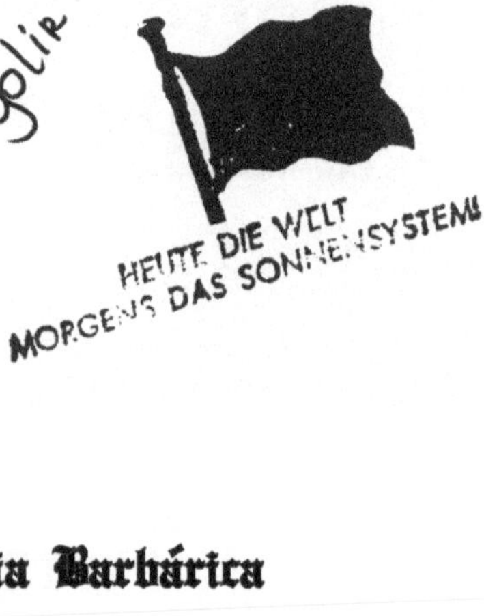

Abadia da Relíquia Barbárica

PROCLAMAÇÃO OFICIAL ⤚ ODD# III(B)/4,I;L8AFT3135

MATRIZ DESORGANIZACIONAL DA POEE

V) A CASA DOS APÓSTOLOS DE ÉRIS

Para a Eristocracia e a Cabaladia

A. Os Cinco Apóstolos de Éris
B. O Caroção da Maçã Dourada (GCS)
C. Episkopos da Sociedade Discordiana
D. Sacerdotes das Cabalas da POEE
E. Santos, Avatares Erisianos e Personagens Afins

IV) A CASA DA ROBA NASCENTE

Para os Discípulos da Discórdia

A. Gabinete de Meu Reverendíssimo, O Polipadre
B. Conselho dos Sacerdotes da POEE
C. A LEGIÃO DA DISCÓRDIA DINÂMICA
D. Avatares Erísticos
E. Avatares Anerísticos

Nota: A, B e C são POEE ADEQUADO enquanto D e E são POEE INADEQUADO

III) A CASA DO GORO NASCENTE

Para a Burocracia

A. A Agência dos Arquivos Erisianos
B. A Agência Epistolar da POEE, e a Divisão de Dogmas
C. A Agência de Símbolos, Emblemas, Certificados e Tal
D. A Agência de Assuntos Erísticos, e
o Administério da Horda Erística Não Esclarecida
E. A Agência de Assuntos Anerísticos, e
o Administério das Ordens da Discórdia

II) A CASA DO COLAPSO NASCENTE

Para o Encorajamento da Libertação da Liberdade, e/ou o Desencorajamento da Imanentização da Escatologia

A. A Brisa da Sabedoria e/ou O Vento da Insanidade
B. A Brisa da Integridade e/ou O Vento da Arrogância
C. A Brisa da Beleza e/ou O Vento dos Ultrajes
D. A Brisa do Amor e/ou O Vento da Enrabada
E. A Brisa da Gargalhada e/ou O Vento da Babaquice

I) A CASINHA

Para o que sobrou

A. Avatares Diversos
B. A Quinta Coluna
C. =PAPAS= da POEE em qualquer lugar
D. Gaveta "F" de FORA DO ARQUIVO
E. Documentos Perdidos e Verdades Esquecidas

OFICIAL - POEE
Templo Cabeça, São Francisco
CASA DA ROBA NASCENTE
Agência Epistolar da POEE

EXCLUSIVO:

- A MÃO DE CINCO DEDOS DE ÉRIS -

O símbolo oficial da POEE está aqui ilustrado. Pode ser este, ou qualquer instrumento similar que represente DUAS FLECHAS OPOSTAS CONVERGINDO EM UM PONTO EM COMUM. Pode ser vertical, horizontal, ou muito pelo contrário, e pode ser elaborado ou simplificado à vontade.

O nome esotérico deste símbolo é A MÃO DE CINCO DEDOS DE ÉRIS, comumente abreviado para A MÃO.

NOTA: Na tradição da magia ocidental, o  *normalmente simboliza chifres, especialmente os chifres de Satã ou de monstrinho diabólicos. A Mão de Cinco Dedos de Éris, no entanto, não tem pretensão de ser considerada satânica, pois os "chifres" são superpostos a outro par de "chifres" invertidos. Ou talvez sejam presas de morsa. Eu não sei o que significa, para falar a verdade.*

00021

"Surrealismo visa a total transformação da mente e de tudo que se assemelha com ela"

— Breton

POEE

POEE (pronuncia-se POEE) é um acrônimo para A PARATEO-ANAMETAMISTICALIDADE DE ÉRIS ESOTÉRICA. A primeira parte pode ser interpretada como "divindade equivalente, revertida além do misticismo". Nós não somos esotéricos de verdade, é só que ninguém presta muita atenção na gente.

MEU REVERENDÍSSIMO MALACLYPSE O JOVEM, AB, DD, GCS, é o Alto Sacerdote da POEE, e a POEE é fundamentada nas revelações episconheiras da Deusa. Ele é chamado de Onibenevolente Polipadre da Virgindade Dourada.

O TEMPLO CABEÇA DA POEE é a Cabala Josué Norton da Sociedade Discordiana, que está situado na glândula pineal de Mal-2, podendo ser encontrado ao localizar temporal e espacialmente o restante de Mal-2.

A POEE não tem tesouraria, estatutos, artigos, nem guias, exceto a glândula pineal de Mal-2, e tem somente um escrúpulo-que Mal-2 deixa pendurado em seu chaveiro.

A POEE não está registrada, incorporada ou regulamentada de qualquer outra forma junto ao Estado, e portanto o Estado não reconhece a POEE ou as ordenações da POEE, o que é bastante justo, considerando que a POEE não reconhece o Estado.

A POEE tem 5 graus:

Há o neófito, ou DISCÍPULO LEGIONÁRIO.
O DIÁCONO LEGIONÁRIO, que está chegando lá.
O SACERDOTE/SACERDOTISA Ordenado pela POEE, ou o CHAPELÃO.
O ALTO SACERDOTE, o polipadre.
E =PAPA= da POEE.

DISCÍPULOS LEGIONÁRIOS da POEE estão autorizados a iniciar terceiros como Legionários da Sociedade Discordiana. SACERDOTES indicam seus próprios DIÁCONOS. O POLIPADRE ordena Sacerdotes. E eu não sei sobre os =PAPAS=

"ESTE LIVRO É UM ESPELHO. QUANDO O MACACO OLHA PARA DENTRO, NENHUM APÓSTOLO OLHA PARA FORA"
- LICHTENBERG

PROPRIEDADE DO DEPARTAMENTO DE GEOLOGIA

6-19

OFICIAL SOCIEDADE DISCORDIANA

SALVE ÉRIS

Formulário de Inscrição

No Movimento Erisiano da SOCIEDADE DISCORDIANA

1. Data de hoje Data de ontem
2. Propósito desta inscrição: -- associação com: a. Legião da Discórdia Dinâmica b. POEE c. Illuminati da Baviera d. Todas as alternativas acima e. Nenhuma das alternativas acima f. Outro - - seja *específico*!
3. Nome ____________ Nome sagrado ____________

   Endereço ____________

   Se temporário, também informe um endereço para correspondência.
4. Descrição: Nascido: [ ] sim [ ] não Olhos: [ ] 2 [ ] outros Altura: .... ml. Última vez que cortou o cabelo: Motivo:
   Raça: [ ] cavalo [ ] humano Q.I.: 150-200 200-250 250-300 + de 300
5. História: Educação - série completa mais avançada 1ª 2ª 3ª 4ª 5ª 6ª +6ª
   Profissional: Em uma resma de papel separada, liste todos os empregos desde 1937 dos quais você foi demitido. Saúde: Em uma folha separada, etiquetada como "confidencial", liste todos os principais episódios psicóticos experimentados nas últimas 24 horas
6. Perguntas malandrinhas sobre características de personalidade
   Eu prefiro a. morar em um banheiro químico b. tocar em uma banda de rock c. comer lagartas.
   Eu tenho tatuagens obscenas porque . . . .
   Eu parei de estuprar criancinhas [ ] sim [ ] não -- motivo . . . .
7. AUTO-RETRATO

Telegrama Resposta por REMETENTE AGUARDANDO !

LAMBA AQUI!

●

(Você pode ser um dos 25 sortudos)

Rev. Mungo

Para Uso Oficial - act. rej. queimado

POEE & SEUS SACERDOTES

Se você gosta do Erisianismo conforme apresentado por Mal-2, então é possível que você queira formar sua própria CABALA da POEEE como um SACERDOTE da POEE e fazer um monte de Coisas Sacerdotais da POEE. Uma "Cabala da POEE" é exatamente o que você acha que é.

O Alto Sacerdote não faz exigências de seus Sacerdotes, apesar de esperar deles alguma boa vontade. O Ofício do Polipadre é apontar, não ensinar. De vez em quando, ele até escuta.

Se você descobrir que suas próprias revelações dA Deusa estão se tornando substancialmente diferentes das de Mal-2, então é possível que A Deusa tenha planos para você como um Episkopos, e você pode considerar a possibilidade de criar seu próprio séquito do zero, desimpedido. Episkopos não competem entre si, e são todos Sacerdotes da POEE de qualquer maneira (assim que eu achar eles). O lance é que os Episkopos estão desenvolvendo caminhos separados até o topo da montanha Erisiana. Vide a seção "Sociedade Discordiana".

ATENÇÃO INSERÇÕES

ORDENAÇÃO COMO UM SACERDOTE DA POEE

Não há qualificações específicas para a Ordenação, porque se você quiser ser um Sacerdote da POEE, é sinal de que você com certeza está qualificado. Quem poderia saber melhor do que você mesmo se você deveria ou não ser Ordenado?

Um SACERDOTE ou SACERDOTISA ORDENADO(A) da POEE é definido como "aquele que possui um Certificado de Ordenação emitido pelo Gabinete do Polipadre".

Buscai no Cao se quiserdes ser sábio
E encontrai deleite em Sua Grande Surpresa!
Olhai no Cao se quiserdes saber
O que há num Cao e porque não é assim!
(LHV, O Livro dos Conselhos, 1:1)

Conselho Mundial das Igrejas Gourmet

NOTA AOS SACERDOTES DA POEE:

O Polipadre deseja lembrar a todos os Erisianos que a POEE não foi criada como um empreendimento comercial, e que é preciso que vocês peguem leve quando procurarem financiamento para suas Cabalas da POEE, ou quando pregarem a Palavra da POEE no mercado.

O CAROÇO ESCONDIDO AMADURECE ACELERADO
QUANDO DESNUDADO COMO UM NABO
PODE FÁCIL E FINALMENTE SER CORTADO
MAS AINDA ASSIM, O PERIGO NÃO É PASSADO.
VIVE MELHOR QUEM ACHA LEGAL
VIVER MEIO LOUCO, MEIO NORMAL

—POETA FLAMENGO JAN VAN STIJEVOORT, 1524.

A AFIRMAÇÃO ERISIANA

PERANTE A DEUSA ÉRIS, EU, (nome ou nome sagrado), aqui me declaro um IRMÃO DA POEE da LEGIÃO DA DISCÓRDIA DINÂMICA.
SALVE SALVE SALVE SALVE SALVE ÉRIS ÉRIS ERIS ÉRIS ÉRIS LOUVEMOS A DISCÓRDIA!

O Oficial da POEE em comando (se houver) responde:

LOUVEMOS A DISCÓRDIA!

NÃO TELEFONAR

Para vários deuses
Se curva o mortal;
Vaca Sagrada
Cao Total.

— Rev. Dr. Barbatana Cabala Monroe

"SENSO COMUM É AQUILO QUE TE DIZ QUE O MUNDO É PLANO."

Este é São Gulik. Ele é o Mensageiro da Deusa. Em outros tempos ele foi chamado de Hermes. Muitos o chamaram de muitos nomes. Ele é uma Barata.

Legião da Discordia Dinâmica

OUÇAM!

Reconhece que a -- Sociedade Discordiana -- **por meio deste certifica**

Como Um(a) Legionário(a)

Glória a nós, filhos de ÉRIS!

Apresentado sob os auspícios de
Nossa Senhora da Discórdia, ÉRIS,
pela Casa dos Apóstolos de ÉRIS.

GABINETE DO MEU REVERENDÍSSIMO
MALACLYPSE O JOVEM GCS
OPVD ALTO SACERDOTE DA POEE

LICENÇA GERAL

COMO COMEÇAR UMA CABALA DA POEE SEM ZOAR COM O POLIPADRE

Se você não conseguir encontrar o Polipadre, ou se depois de encontrar com ele, não quiser ter nada a ver com ele, você ainda está autorizado a formar sua própria Cabala da POEEE e fazer Coisas Sacerdotais, usando o Principia Discordia como seu guia. Seu Cargo Oficial será CHAPELÃO DA POEEE para A LEGIÃO DA DISCÓRDIA DINÂMICA, que é exatamente a mesma coisa que um SACERDOTE DA POEE, exceto que você não terá um Certificado de Ordenação. As palavras que você está lendo neste momento são sua ordenação.

COMO SE TORNAR UM CHAPELÃO DA POEE

1. Escreva a AFIRMAÇÃO ERISIANA em cinco cópias.
2. Assine e coloque sua impressão nasal em cada cópia.
3. Envie uma para o Presidente dos Estados Unidos.
4. Envie uma para
   O Departamento de Mobília e Roupa de Cama do
   Estado da Califórnia
   Rua D, 1021, Sacramento, CA, 94814
5. Pregue uma em um poste telefônico. Esconda uma. E queime a outra.

Depois consulte sua glândula pineal.

ANTIGO SLOGAN DA POEE

Quando em dúvida, ligue o foda-se.
Quando não tiver dúvida... fique em dúvida!

VIAGEM 5

- O RITO BATISMAL DA POEE -

Este Rito Mesterioso não é necessário para a inicição, mas é oferecido por muitos Sacerdotes da POEE para proselitistas que desejam uma cerimônia formal.

1) O Sacerdote e quatro Irmãos se posicionam em forma de pentágono, com o Iniciado no centro, voltado para o Sacerdote. Se possível, os Irmãos imediatamente à esquerda e à direita do Sacerdote devem ser Diáconos. O Iniciado deve estar completamente nu, para demonstrar que ele é realmente um ser humano, e não alguma outra coisa disfarçada, como um repolho ou coisa assim.

2) Todas as pessoas na plateia e no pentágono, exceto o Sacerdote, se agacham e se levantam novamente. Isto se repete mais quatro vezes. Esta dança é um símbolo da humildade comum a todos nós, os Erisianos.

3) O Sacerdote começa:

Eu, (Nome Sagrado completo, com Títulos Místicos, e graus, ofícios designados, &tc.), Sacerdote Ordenado da Parateo-Anametamisticalidade de Éris Esotérica, com a Autoridade a mim investida por Seu Alto Sacerdote, Gabinete do Polipadre, A Casa da Roba Nascente, Templo Cabeça da POEE; Aqui Demando de Ti:

1) ÉS TU UM SER HUMANO, E NÃO UM REPOLHO OU COISA ASSIM? O Iniciado responde SIM.

2) É UMA PENA. ASPIRAS APRIMORAR-TE? O Iniciado responde SIM.

3) QUE IDIOTA. ESTÁS DISPOSTO A TORNAR-SE FILOSOFICAMENTE LUMINIFICADO? Ele responde SIM.

4) MUITO ENGRAÇADO. DEDICAR-TE-ÁS TU AO SANGRADO MOVIMENTO ERISIANO? O Iniciado responde PROVAVELMENTE.

RETORNAR À SALA RESTRITA
NÃO PASSE PELO 'INICIO'. NÃO COLETE $200

5) ENTÃO JURAI O SEGUINTE PERANTE A MIM: (O Sacerdote aqui conduz o Iniciado a recitar A AFIRMAÇÃO ERISIANA.) O Sacerdote continua: ENTÃO EU AQUI TE PROCLAMO DISCÍPULO (nome) da POEE, LEGIONÁRIO DA LEGIÃO DA DISCÓRDIA DINÂMICA. SALVE ÉRIS! SALVE ÉRIS! SALVE ÉRIS!

4) Todos os presentes regozijam-se enormemente. O novo Irmão abre uma grande jarra de vinho e oferece a todos os presentes.

5) A Cerimônia normalmente degenera.

MORD DIZ QUE OMAR DIZ
QUE SOMOS TODOS
UNICÓRNIOS DE QUALQUER FORMA

NÃO PUXAR A
PONTA AMARELA

00030

3. E apesar de Omar haver pedido ao Catador de Lixo, em palavras ao mesmo tempo doces e amargas, para devolver a caixa de charutos contendo as cartas designadas pelo Anjo como o Livro Honesto da Verdade, era como se o Catador tivesse apanhado até ficar surdo, repetindo apenas: "num rola, tá ligado?".
LHV; O Livro das Explicações, Cap. 2

RESPOSTAS:

1. Harry Houdini
2. Música Swing
3. Pretzels
4. 8 meses
5. Culbert Boladão
6. Se sobressai
7. Sem cordas vocais

DESCARTADO

O JURAMENTO DOS MESTÉRIOS DA POEE

G3400
50
DMTS
19

O Iniciado jura o seguinte:

BOSTA VOADORA DE BEBÊ!!!!!

(Irmãos da seita dos Antigos Videntes Iluminados da Baviera podem preferir substituir pelo Alemão:
FLIEGENDE KINDERSCHEISSE!
ou talvez
WIECZNY KWIAT WTADZA!!!!!
que é Ewige Blumenkraft em Polonês.)

"GRINGO"

O RECENTE DESMASCARAMENTO DE QUE O SR. MOTOMOTO, FAMOSO JAPONÊS CAPAZ DE ENGOLIR O SEU PRÓPRIO NARIZ, NÃO É QUEM CONSEGUE ENGOLIR SEU NARIZ, MAS SIM SEU IRMÃO, É UMA FRAUDE! O SR. MOTOMOTO É, SIM, CAPAZ DE ENGOLIR SEU NARIZ. ELE ENGOLIU O IRMÃO NO VERÃO DE 44.

Correções à cópia da semana passada: Johnny Sample é lateral atacante do New York Jets, e não corredor, como previamente afirmado. O nome de Bobby Tolan não é Randy, e sim mud. Todo o poder para o povo, e proíbam a porra da bomba.

00031

"Esta afirmação é Falsa"
(cortesia da POEE)

DOIS IGUAIS NUNCA SÃO OS MESMOS!

—O—

A SOCIEDADE DISCORDIANA

A Sociedade Discordiana não tem definição.

Eu às vezes penso nela como uma desorganização de Malucos por Éris. Já foi chamada de teatro mental de guerrilha. Episkopos Fatoraleatório, Diretor de Expurgos da seita do Movimento Popular do Submundo em Larchmont, prefere a definição "A Maior Associação de Seja-lá-o-que-nós-somos do Mundo". A Senhora Mal a considera uma FÁBRICA DE IDEIAS RENASCENTISTA. Presa, o Mal-Lavado, TGC, não emite opinião. Você pode considerar o que bem entender.

UM EPISKOPOS DA SOCIEDADE DISCORDIANA
é aquele que prefere autonomia total, e cria sua própria seita Discordiana conforme orientado pela Deusa. Ele fala por si próprio e por aqueles que dizem que gostam do que ele diz.

A LEGIÃO DA DISCÓRDIA DINÂMICA:
Um Legionário da Discórdia Dinâmica é aquele que prefere não criar sua própria seita.

Se você quer entrar na Sociedade Discordiana
então declare você mesmo o que deseja
faça o que quiser
e conte para nós
ou
se preferir
não conte.

Alguns Episkopos tem uma cabala de um homem só. Alguns trabalham juntos. Alguns nunca explicam.

Não há regras em lugar nenhum.
A Deusa Triunfa.

Quando eu chego no fundo eu volto pro alto do escorrega onde eu paro e me viro e vou dar uma zoada, aí eu chego no fundo e vejo você de novo! Tobogã!
-- John Lennon

"TODO MUNDO QUE EU SEI QUE TEM RAZÃO SEMPRE CONCORDA COMIGO" Rev. Senhora Mal

O CAROÇÃO DA MAÇÃ DOURADA

O Caroção da Maçã Dourada* é uma posição honorária para os Guardiões do Cao Sagrado, motivo pelo qual eles podem usar "GCS" depois de seus nomes.

Não diz muita coisa,
faz menos ainda,
e não significa
nada.

AGENTE DE VIAGEM

** Não confundir com The Apple Corps Ltd., daqueles quatro cantores. Nós bolamos o nome primeiro.*

\- O SINAL DO NÚMERO V -
Usado *por* Antigos Discordianos Romanos, *pelo* Illuminatus Churchill,
e *por* Hippies inocentes em toda parte.

CONVERSOR PERPÉTUO DE DATAS DO CALENDÁRIO GREGORIANO PARA O POEE

ESTAÇÕES

1) Caos - Apóstolo Patrono Hung Mung
2) Discórdia - Apóstolo Patrono Dr. Van Van Mojo
3) Confusão - Apóstolo Patrono Sri Syadasti
4) Burocracia - Apóstolo Patrono Zarabaque
5) A Consequência - Apóstolo Patrono Malaclypse o Ancião

DIAS DA SEMANA*

1) Docemanhã
2) Horadobum
3) Diapungente
4) Azedo-azedo
5) Laranjapoente

**** Os DIAS DA SEMANA recebem seus nomes dos cinco elementos básicos: DOCE, BUM, PUNGENTE, AZEDO e LARANJA.***

FERIADOS

A] FERIADOS DOS APÓSTOLOS

1) Mung-feira
2) Mojo-feira
3) Sya-feira
4) Zara-feira
5) Mala-feira

Cada um ocorre no 5º dia da Estação

B] FERIADOS DAS ESTAÇÕES

1) Caofluxo
2) Discofluxo
3) Confufluxo
4) Burofluxo
5) Consefluxo

Cada um ocorre no 50º dia da Estação

C] DIA DE S. TIB - ocorre uma vez a cada 4 anos (1+4=5) e é inserido entre o 59º e o 60º dia da Estação do Caos

DOCUMENTO SAGRADO DOS SAPOS [antigo poema Erisiano]:
73 Dias têm
Caos, Discórdia, Confusão, Burocracia e Consequência

						DM	HB	DP	PP	LP	
Jan	1	2	3	4	5	1	2	3	4	5	Cao
	6	7	8	9	10	6	7	8	9	10	
	11	12	13	14	15	11	12	13	14	15	
	16	17	18	19	20	16	17	18	19	20	
	21	22	23	24	25	21	22	23	24	25	
	26	27	28	29	30	26	27	28	29	30	
	31	1	2	3	4	31	32	33	34	35	
Fev	5	6	7	8	9	36	37	38	39	40	
	10	11	12	13	14	41	42	43	44	45	
	15	16	17	18	19	46	47	48	49	50	
	20	21	22	23	24	51	52	53	54	55	
	25	26	27	28*	1	56	57	58	59	60	
Mar	2	3	4	5	6	61	62	63	64	65	
	7	8	9	10	11	66	67	68	69	70	
	12	13	14	15	16	71	72	73	1	2	Dsc
	17	18	19	20	21	3	4	5	6	7	
	22	23	24	25	26	8	9	10	11	12	
	27	28	29	30	31	13	14	15	16	17	
Abr	1	2	3	4	5	18	19	20	21	22	
	6	7	8	9	10	23	24	25	26	27	
	11	12	13	14	15	28	29	30	31	32	
	16	17	18	19	20	33	34	35	36	37	
	21	22	23	24	25	38	39	40	41	42	
	26	27	28	29	30	43	44	45	46	47	
Mai	1	2	3	4	5	48	49	50	51	52	
	6	7	8	9	10	53	54	55	56	57	
	11	12	13	14	15	58	59	60	61	62	
	16	17	18	19	20	63	64	65	66	67	
	21	22	23	24	25	68	69	70	71	72	
	26	27	28	29	30	73	1	2	3	4	Cfs
	31	1	2	3	4	5	6	7	8	9	
Jun	5	6	7	8	9	10	11	12	13	14	
	10	11	12	13	14	15	16	17	18	19	
	15	16	17	18	19	20	21	22	23	24	
	20	21	22	23	24	25	26	27	28	29	
	25	26	27	28	29	30	31	32	33	34	
	30	1	2	3	4	35	36	37	38	39	

						DM	HB	DP	PP	LP	
Jul	5	6	7	8	9	40	41	42	43	44	Cfs
	10	11	12	13	14	45	46	47	48	49	
	15	16	17	18	19	50	51	52	53	54	
	20	21	22	23	24	55	56	57	58	59	
	25	26	27	28	29	60	61	62	63	64	
	30	31	1	2	3	65	66	67	68	69	
Ago	4	5	6	7	8	70	71	72	73	1	Bcr
	9	10	11	12	13	2	3	4	5	6	
	14	15	16	17	18	7	8	9	10	11	
	19	20	21	22	23	12	13	14	15	16	
	24	25	26	27	28	17	18	19	20	21	
	29	30	31	1	2	22	23	24	25	26	
Set	3	4	5	6	7	27	28	29	30	31	
	8	9	10	11	12	32	33	34	35	36	
	13	14	15	16	17	37	38	39	40	41	
	18	19	20	21	22	42	43	44	45	46	
	23	24	25	26	27	47	48	49	50	51	
	28	29	30	1	2	52	53	54	55	56	
Out	3	4	5	6	7	57	58	59	60	61	
	8	9	10	11	12	62	63	64	65	66	
	13	14	15	16	17	67	68	69	70	71	
	18	19	20	21	22	72	73	1	2	3	Csq
	23	24	25	26	27	4	5	6	7	8	
	28	29	30	31	1	9	10	11	12	13	
Nov	2	3	4	5	6	14	15	16	17	18	
	7	8	9	10	11	19	20	21	22	23	
	12	13	14	15	16	24	25	26	27	28	
	17	18	19	20	21	29	30	31	32	33	
	22	23	24	25	26	34	35	36	37	38	
	27	28	29	30	1	39	40	41	42	43	
Dez	2	3	4	5	6	44	45	46	47	48	
	7	8	9	10	11	49	50	51	52	53	
	12	13	14	15	16	54	55	56	57	58	
	17	18	19	20	21	59	60	61	62	63	
	22	23	24	25	26	64	65	66	67	68	
	27	28	29	30	31	69	70	71	72	73	

[1970=3136] [Próximo Dia de S. Tibs em 3138]

NOMES SAGRADOS

Discordianos têm uma tradição de assumir NOMES SAGRADOS. Isto não é exclusividade do Erisianismo, é claro. Imagino que o Papa Paulo seja o filho do Sr. E da Sra. VI?

E também TÍTULOS DE IMPORTÂNCIA MÍSTICA.

Quem roubou a pornografia do Irmão reverendo Magoun, favor devolver.

QUE CORAGEM! QUE
FORTITUDE !
O PORTADOR DESTE CARTÃO
É UM GENUÍNO E AUTORIZADO
PAPA
Assim por favor trate-O Bem
BOM PARA SEMPRE
Genuíno e autorizado pela CASA dos APÓSTOLOS de ÉRIS
Todo homem, mulher e criança nesta Terra é um Papa genuíno e autorizado.
Reproduza e distribua estes cartões à vontade. • Templo Cabeça, P.O.E.E., São Francisco
UM =PAPA= É ALGUÉM QUE NÃO ESTÁ SOB A AUTORIDADE DAS AUTORIDADES *
TU ÉS
INTEGRAL

OK
00036

A PARÁBOLA DO CHÁ AMARGO

Por
Rev. Dr. Hipócrates Magoun, S.P.
SACERDOTE da POEE, Cabala Okinawa

Quando Hipoc terminou de meditar com S. Gulik, adentrou a cozinha, onde se ocupou de preparar o banquete, e no decorrer destes afazeres, descobriu que havia um pouco de chá velho em uma panela que sobrou da noite anterior, quando em sua fraqueza esqueceu de seu preparo e o deixou em infusão por 24 horas. Estava forte e escuro, e era a intenção de Hipoc usar este chá velho, diluindo-o em água. E novamente, em sua fraqueza, assim decidiu, sem maiores considerações, e caiu de cabeça nas preparações. Foi então que, profundamente imerso no prazer daquela viagem, ouviu uma súbita e clara voz em sua cabeça, dizendo: "é o chá amargo que te envolve". Hipoc ouviu a voz, mas seu conflito interno se intensificou, e o padrão, previamente estabelecido com trabalho físico e mensagens musculares coordenadas e unificadas, e talvez codificadas, continuou a exercer sua influência, e Hipoc sucumbiu à pressão e negou a voz.

E novamente entrou de cabeça na orgia física e completou a tarefa, e eis que, como a voz previu, o chá estava amargo.

"As Cinco Leis têm raízes na consciência."
-- Che Fung [Ezra Pound, Canto 85]

A Lei do Inferno diz que o Inferno é reservado exclusivamente para aqueles que nele acreditam. Ademais, o maior Degrau do Inferno é reservado para aqueles que nele acreditam por suporem que para lá irão se não acreditarem.
LHV, O Evangelho Segundo Fred, 3:1

UM SERMÃO SOBRE ÉTICA E AMOR

Um dia Mal-2 pediu ao espírito mensageiro São Gulik para aproximar-se da Deusa e solicitar Sua presença para um conselho desesperado. Pouco mais tarde, o rádio se ligou sozinho, e uma voz feminina etérea disse SIM?

"Ó! Éris! Bendita Mãe dos Homens! Rainha do Caos! Filha da Discórdia! Concubina da Confusão! Ó! Requintada Dama, eu lhe imploro, levanta este fardo de meu coração!"

O QUE QUE TÁ PEGANDO, MAL? VOCÊ NÃO PARECE LEGAL.

"Estou consumido pelo medo e atormentado por terríveis visões de dor. Por toda parte, pessoas estão machucando umas às outras, o planeta fervilha de injustiças, sociedades inteiras pilham grupos de seus próprios povos, mães aprisionam filhos, crianças morrem enquanto irmãos guerreiam. Ó, aflição."

QUAL É O PROBLEMA COM ISSO, SE É O QUE VOCÊS QUEREM FAZER?

"Mas ninguém <u>quer</u> isso! Todo mundo odeia isso!"

AH. BEM, ENTÃO PAREM.

E neste momento Ela se transformou em um comercial de aspirinas e deixou o Polipadre encalhado com sua própria espécie.

DEXTER SINISTRO TEM UM ESPIRÔMETRO QUEBRADO.

CAPÍTULO 5: OS PIONEIROS

- OS CINCO APÓSTOLOS DE ÉRIS E QUEM ELES SÃO -

1. HUNG MUNG

Um Sábio da China Antiga e Missionário Discordiano Oficial para os Chineses Pagãos. Foi quem originalmente criou O CAO SAGRADO. Patrono da Estação do Caos. Feriado: 5 de Janeiro.

2. DR. VAN VAN MOJO

Um Doutor de Cabeças do Interior da África e Fabricante de Bonecos Finos. D.H.M., Doutor em Hoodoo e Moléstias, da Escola de Estudos Bíblicos Só Jesus Salva da Grande Região Metropolitana de Yorba Linda; e F.G.I.H.P.M., *"Fellow" das Guerrilhas Intergaláticas Haitianas pela Paz Mundial*. Patrono da Estação da Discórdia. Feriado: 19 de Março.

Nota: Erisianos da seita do Cristo Sorridente sustentam uma controvérsia besta de que o Dr. Mojo é um impostor, e que PATAMUNZO LINGANANDA é o Verdadeiro Segundo Apóstolo. Lorde Omar diz que o Dr. Mojo concentra ódio e maledicências sobre Patamunzo, que só lhe retribui com Vibrações de Amor. Mas nós da seita da POEE sabemos que Patamunzo é o Real Impostor, e que estas vibrações dele são na verdade uma tentativa de subverter a autoridade apostólica que pertence ao Dr. Mojo por direito, tirando-lhe o raciocínio.

3. SRI SYADASTI SYADAVAKTAVYA SYADASTI SYANNASTI SYADASTI CAVAKTAVYASCA SYADASTI SYANNASTI SYADAVATAVYASCA SYADASTI SYANNASTI SYADAVAKTAVYASCA chamado normalmente só de SRI SYADASTI

Seu nome é em Sânscrito, e significa: Todas as afirma-

ções são verdadeiras de alguma forma, falsas de alguma forma, insignificantes de alguma forma, verdadeiras e falsas de alguma forma, verdadeiras e insignificantes de alguma forma, falsas e insignificantes de alguma forma, e verdadeiras e falsas e insignificantes de alguma forma. Ele é um Pândita e Príncipe Indiano, nascido da Tribo Peyotl, filho do Gentil Chefe Semente de Girassol e da índia Maria Joana. Patrono dos Discordianos do tipo psicodélico. Patrono da Estação da Confusão. Dia santo: 31 de Maio. *NOTA: Sri Syadasti não deve ser confundido com o ABENÇOADO S. GULIK, O CHAPADO, que não é a mesma pessoa mas é o mesmo Apóstolo.*

4. ZARABAQUE O INCORRIGÍVEL, às vezes chamado de ZARABAQUE O LEAL

Um Eremita narigudo da Europa Medieval e Caozeiro Fodedor de Bíblias. Apelidado "Ofensor da Fé". Descobriu os Cinco Mandamentos. Patrono da Estação da Burocracia. Feriado: 12 de Agosto.

5. MALACLYPSE O ANCIÃO

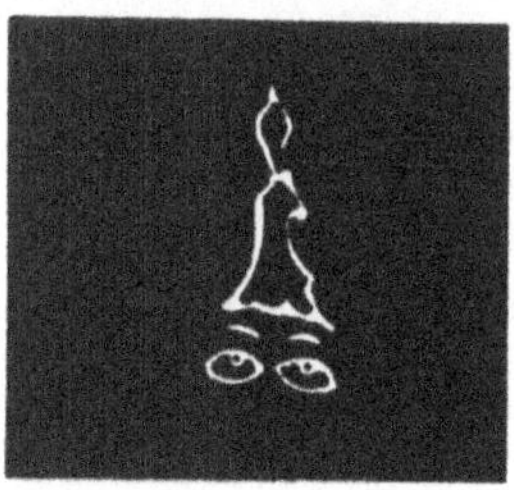

Um Sábio peregrino da Antiga Mediterrânea ("Med Terra" ou Terra Média), que seguiu uma Estrela de cinco pontas pelas vielas de Roma, Damasco, Bagdá, Jerusalém, Meca e Cairo, portando uma placa que parecia dizer "DESTRUIÇÃO". (Isto é um mal-entendido. Na verdade a placa dizia "DESTRUIDÃO". Mal-1 é um Não-Profeta.) Patrono e homônimo de Mal-2. Patrono da Estação da Consequência. Feriado: 24 de Outubro.

00040

Todas as afirmações são verdadeiras de alguma forma, falsas de alguma forma, insignificantes de alguma forma, verdadeiras e falsas de alguma forma, verdadeiras e insignificantes de alguma forma, falsas e insignificantes de alguma forma, e verdadeiras e falsas e insignificantes de alguma forma. Um serviço público de esclarecimento da Escola de Sabedoria Espiritual de Sri Syadasti, Wilmette. Os ensinamentos da Escola de Sabedoria Espiritual de Sri Syadasti são verdadeiros de alguma forma, falsos de alguma forma, insignificantes de alguma forma, verdadeiros e falsos de alguma forma, verdadeiros e insignificantes de alguma forma, falsos e insignificantes de alguma forma, e verdadeiros e falsos e insignificantes de alguma forma. Escola Superior de Sabedoria Espiritual de Patamunzo Lingananda, Skokie

O LIVRO HONESTO DA VERDADE
uma BÍBLIA dO Movimento Erisiano

e Como Ele foi Revelado ao
Episkopos LORDE OMAR KHAYYAM CORVODOMATO, GCS; Ganso Touro Do Limbo; e Pastor Mestre da Igreja Invisível do Cristo Sorridente, Templo Escondido do Jesus Feliz, Rancho do Buda Jesus Sorridente (BJS)

De O Livro Honesto da Verdade
O LIVRO DAS EXPLICAÇÕES, Capítulo 1

1. Um dia veio a Lorde Omar, Ganso Touro do Limbo, um Mensageiro de Nossa Senhora que lhe contou sobre uma Colina Sagrada onde estava enterrado um Livro Honesto.

2. E o Anjo de Éris propôs ao Lorde: *Vai e cava a Verdade, para que a conheças e, ao conhece-la, espalha-a, e espalhando-a, chafurda nela, e chafurdando nela, deita sobre ela e, deitado sobre a Verdade, torna-te um Poeta da Palavra e um Ditador de Ditados - uma inspiração para todos os homens e um Escriba para os Deuses.*

3. Então Omar seguiu rumo à Colina Sagrada, que ficava a leste de Nullah, e onde trabalhou cavucando a areia por cinco dias e cinco noites, mas não encontrou Livro algum.

4. Ao término de cinco dias e cinco noites de escavações, ocorreu que Omar ficou exausto. Então ele pôs sua pá de lado e deitou-se na areia, usando como travesseiro uma Arca Doirada que havia descoberto no primeiro dia de seus trabalhos.

5. Omar dormiu.

6. No quinto dia de seu sono, Lorde Omar entrou em um Transe, e em seu Transe lhe veio um Sonho, e no Sonho lhe veio um Mensageiro de Nossa Senhora que lhe controu sobre um Bosque Sagrado onde estava escondido uma Arca Doirada.

7. E o Anjo de Éris propôs ao Lorde: *Vai e toma o Muquifo, para que passes a possuí-lo e, possuindo-o, divide-o e, dividindo-o, ama nele, e amando nele, mora nele e, morando no Muquifo, torna-te um Poeta da Palavra e um Ditador de Ditados - uma Inspiração para todos os homens e um Escriba para os Deuses.*

8. Mas Omar lamentou, e disse ao Anjo: *Que porra é essa, mano? Por que me importaria eu com a Palavra e Ditados? Por que me importaria eu com a Inspiração para todos os homens? Onde está a vantagem em ser um Escriba para os Deuses, quando os Escribas dos Governos nada fazem, e ainda assim recebem salários melhores?*

9. E eis que o Anjo se encheu de ira e Omar foi lançado ao Chão por uma Mão Invisível e não se levantou por cinco dias e cinco noites.

10. E então ocorreu que no quinto dia ele sonhou, e em seu Sonho ele teve uma Visão, e nesta Visão lhe veio um Mensageiro de Nossa Senhora que lhe confiou uma caixa de charutos Rigoletto contendo diversas fichas, algumas em bolos com elásticos em volta, e em algumas destas fichas havia versos escritos, enquanto em outras nada estava escrito.

11. Assim sendo, o Anjo ordenou ao Lorde: *Leva este Livro Honesto da Verdade ao teu peito e o acalenta. Carrega-o por toda A Terra e mostra-o aos Reis das Nações e Catadores de Lixo. Prega seu conteúdo aos Justos, para que eles renunciem às suas maneiras e arrependam-se.*

00042

CAOS CONVENCIONAL

NÃO DOBRAR

CARACINZA

No ano de 1166 A.C., um demente infeliz que atendia pelo nome de Caracinza enfiou em sua cabeça que o universo era tão desprovido de humor quanto ele próprio, e começou a ensinar que a diversão era pecaminosa, pois contradizia os caminhos da Ordem Séria. "Olhe toda a ordem ao seu redor", ele dizia. E assim, ele ludibriou homens honestos a acreditarem que a realidade era restrita e confinada, e não o romance feliz que os homens conheciam.

Não se compreende atualmente por que os homens eram tão crédulos naquela época em particular, pois absolutamente ninguém pensou em observar toda a desordem ao seu redor e concluir exatamente o contrário. Mas de qualquer forma, Caracinza e seus seguidores passaram a jogar com a vida de forma mais séria do que lidavam com a própria vida, e chegaram até mesmo a destruir outros seres humanos cujos caminhos na vida destoavam dos seus próprios.

O infeliz resultado disto é que a humanidade vem desde então sofrendo de um desequilíbrio psicológico e espiritual. Desequilíbrio causa frustração, e frustração causa medo. E medo causa onda errada. O homem está nessa onda errada já faz bastante tempo agora.

Esta onda errada é chamada de A MALDIÇÃO DE CARACINZA.

Merda faz as
flores crescerem,
e isso é lindo.

Escale o Cao com um ou dois amigos
E siga o Caminho que ele te levar,
Boiando como uma Tripulação Lunática de Bote Salva-Vidas
Sobre as Ondas do que quer que você faça.
(LHV; O Livro dos Conselhos, 1:3)

MANDALA

DOIS ELEMENTOS NÃO SE CRUZAM
MAS TODOS OS CINCO SE CRUZAM

ENQUANTO ISSO, na lavanderia chinesa...

DOGMA I - METAFÍSICA Nº 2, "COSMOLOGIA"*

O LIVRO DE UTERUS
de O Livro Honesto da Verdade como revelado a Lorde Omar

- I -

1. Antes do início havia o Cao Inexistente, equilibrado no Esquecimento pelo Contrapuxaempurra Perfeito Goro e Roba

2. Então, por um ato do acaso, o Goro começou gradualmente a dominar a Roba--e o Cao Primordial, assim, veio a ser.

3. Assim, no princípio era o Cao Primordial, equilibrado na borda de Esquecimento pelo Contrapuxaempurra Perfeito Roba e Goro.

4. Onde, pela Lei da Reversão Negativa,** a Roba prontamente submeteu-se ao Goro e Tudo descambou.

5. E então surgiu a Força Ativa da Discórdia, a Manifestação Sutil do Cao Inexistente, para guiar Tudo ao longo dO Caminho de volta para o Esquecimento - que ele não se perca entre os Preceitos da Ordem na Região do Baque.

6. Pois que era Ativa, a Força da Discórdia entrou no Estado de Confusão, e em copulando com a Rainha gerou ÉRIS, Nossa Senhora da Discórdia e Manifestação Bruta do Cao Inexistente.

7. E sob Éris a Confusão se estabeleceu, e foi chamada de Burocracia; enquanto isso sobre a Burocracia Éris se estabeleceu, e foi portanto chamada Discórdia.

8. Seguiu-se que o Estabelecimento da Burocracia pereceu em uma escassez de papel.

9. Assim foi, de acordo com a Lei das Leis.

10. Durante e após a queda do Estabelecimento da Burocracia veio A Consequência, uma Era de Desordem, na qual cálculos, cômputos, e avaliações foram repudiados pelos Filhos de Éris em Aceitação e Preparação para O Retorno ao Esquecimento ao qual seguir-se-á a Repetição do Absurdo Universal. Além disso, por si só a vinda dA Consequência fora a Ressurreição do Caos que Flui da Liberdade. SALVE ÉRIS!

11. Ao mesmo tempo foi colocado em movimento o Padrão Erístico, que Se Repetiria Cinco Vezes Sobre Setenta E Três Vezes, depois do qual nada aconteceria.

---

* Esta doutrina não deve ser confundida com o DOGMA III - HISTÓRIA # 6, "CICLOS HISTÓRICOS", que afirma que o progresso social ocorre em cinco ciclos, os três primeiros ("O Triciclo") dos quais são TESE, ANTÍTESE E PARÊNTESE; e os dois últimos ("A Bicicleta") dos quais são CONSTERNAÇÃO E ATITUDE MORALEÁVEL

* * A LEI DA REVERSÃO NEGATIVA afirma que se algo <u>não</u> acontecer, então o oposto exato <u>vai</u> acontecer, só que de maneira exatamente oposta àquela que não aconteceu.

NOTA: É a partir deste texto dO Livro de Uterus que a POEE baseou o seu Calendário Erisiano, com o ano dividido em 5 Estações de 73 dias cada. Cada um dos Cinco Apóstolos de Éris é padroeiro de uma Estação. Uma tabela das Estações, Patronos, Dias da Semana, Dias Santos, e um conversor perpétuo de Gregoriano estão inclusos nesta edição do Principia.

**Encheção de Linguiça Boba
Porém Sincera**

"E eis que assim foi formulada a Lei:
IMPOSIÇÃO da Ordem = escalação da Desordem!"
[L.H.V; O evangelho segundo Fred, 1:6]

AS CINCO ORDENS DA DISCÓRDIA ("ELES")
Gal. Pandemônio, Comandante

As sementes das ORDENS DA DISCÓRDIA foram plantadas por Caracinza em seus primeiros discípulos. Eles formam o esqueleto do Movimento Anerístico, que enfatiza excessivamente o Princípio da Ordem e antagoniza seu complemento necessário, o Princípio da Desordem. As ordens são compostas de pessoas completamente viciadas em autoridade, segurança e controle; ou seja, elas estão cegas pela Ilusão Anerística. Eles não sabem que pertencem às Ordens da Discórdia. Mas nós sabemos.

1. A Ordem Militar dos CAVALEIROS DO TEMPLO DE CINDO LADOS. Esta é para todos os soldados e burocratas do mundo.

2. A Ordem Política do PARTIDO DA GUERRA AO MAL. Esta está reservada para legisladores, censores e similares.

3. A Ordem Acadêmica da SOCIEDADE DA CICUTA. Normalmente habitam escolas e universidades, chegando a dominar muitas delas.

4. A Ordem Social do COMITÊ DOS CIDADÃOS PARA CIDADÃOS PREOCUPADOS. Esta é praticamente uma versão mais básica das Ordens mais profissionalmente militares, políticas, acadêmicas e sagradas.

5. A Ordem Sagrada da LIGA DA DIFAMAÇÃO. Pouco é sabido sobre a L.D., mas eles são muito antigos e provavelmente foram fundados pelo próprio Caracinza. Sabe-se que eles atualmente exercem total domínio sobre todas as igrejas organizadas do mundo. Também há suspeitas de que eles vêm disfarçando repolhos e os passando adiante como seres humanos.

Não deixe
ELES
imanentizarem
a
Escatologia

Uma pessoa que pertença a uma ou mais Ordens tem tanta probabilidade de carregar a bandeira da oposição à ordem institucional quanto a bandeira da ordem institucional – desde que seja uma bandeira.

REBOLA-2-3-4, REBOLA 2-3-4
AGORA ESQUERDA-DIREITA...

MILITAR

00046

00047

O TEXTO A SEGUIR É UMA CITAÇÃO DE BERGAN EVANS SOBRE NORBERT WEINER, FÍSICO NUCLEAR

O segundo conceito que Wiener precisa estabelecer é o da entropia. A probabilidade é um conceito matemático, que vem das estatísticas. A entropia vem da física. É a asserção - definida logicamente e experimentalmente - de que o universo, por sua natureza, está "degringolando", se encaminhando para um estado de uniformidade inerte, isento de forma, matéria, hierarquia ou diferenciação.

Ou seja, em qualquer cenário, menos organização e mais caos são esmagadoramente mais prováveis do que organização mais rígida e mais ordem.

A tendência ao aumento da entropia em sistemas isolados se expressa pela segunda lei da termodinâmica - talvez a formulação mais pessimista e amoral da história do pensamento humano.

Isto se aplica, no entanto, a sistemas fechados, algo que seja uma totalidade isolada, e não uma parte. Dentro de tais sistemas podem haver partes, que extraem energia do todo, se movendo ao menos temporariamente no sentido oposto; nestas partes, a ordem está aumentando e o caos diminuindo.

Os redemoinhos que giram em um sentido oposto ao da corrente principal chamam-se "enclaves". E um deles é a vida, e especialmente a vida humana, que em meio a um universo que se move inexoravelmente rumo ao caos, ainda assim se move rumo ao aumento da ordem.

Pessoal

O PI PLANETÁRIO, que descobri, é 61. É uma relação Tempo-Energia entre o sol e os plantas internos. Eu o uso para chegar a muitos fatos desconhecidos à ciência. Por exemplo, multiplique a circumferência- nua da terra 24.902,20656 por 61 e você obterá a distância da órbita da lua ao redor da terra. Isso é ligeiramente menos que a distância real porque não estamos considerando a atmosfera terrestre. Que seja. Christopher Garth, Evanston

SE O TELEFONE TOCAR HOJE... REGUE-O!
— Rev. Thomas, Cabala Gnóstica de N.Y.C

"EU DEVERIA TER SIDO ENCANADOR."
-- Albert Einstein

"GAFANHOTO SEMPRE ERRADO QUANDO DISCUTE COM GALINHA"

—Livro de Chan
copilado pela seita O. P. U.

- A ILUMINAÇÃO E ZARABAQUE -

Antes de tornar-se um eremita, Zarabaque era um jovem sacerdote, e tinha grande prazer em fazer seus oponentes de trouxa na frente de seus seguidores.

Um dia Zarabaque levou seus discípulos a um agradável pasto, e lá confrontou uma Va(Cao) Sagrada enquanto ela pastava alegremente.

"Diga-me, criatura estúpida", exigiu o sacerdote com sua voz de autoridade, "por que você não faz algo de útil? Qual é o seu Propósito na Vida, afinal?".

Mastigando a saborosa grama, A Va(Cao) Sagrada respondeu: "MU".*

Ao ouvir isso, absolutamente ninguém se tornou iluminado. Principalmente porque ninguém entendia Chinês.

** "MU" é o ideograma Chinês para NADA*

TAO FA TSU-DAN

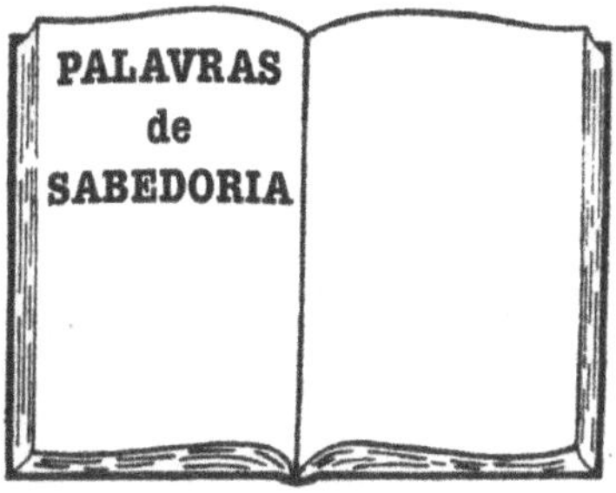

ENCONTRE PAZ COM UMA CONTENTE VA(CAO)

O CAO SAGRADO

O CAO SAGRADO é a chave para a iluminação. Idealizado pelo Apóstolo Hung Mung na China antiga, foi modificado e popularizado pelos Taoístas, e é às vezes chamado de YIN-YANG. O Cao Sagrado não é o Yin-Yang dos Taoístas. É a GORO-ROBA dos Erisianos. E, ao invés de um ponto de Roba no lado do Goro, ele traz um PENTÁGONO, simbolizando o PRINCÍPIO ANERÍSTICO; e ao invés de um ponto de Goro no lado da Roba, apresenta uma MAÇÃ DOURADA DA DISCÓRDIA para simbolizar o PRINCÍPIO ERÍSTICO.

O Cao Sagrado simboliza absolutamente tudo que qualquer um pode precisar saber sobre absolutamente qualquer coisa, e ainda mais! Ele simboliza até mesmo as coisas que não valem a pena saber, representadas pelo espaço vazio em volta do Goro-Roba.

A SEGUIR, UM POUCO DE PSICO-METAFÍSICA.
Se você não se ligar muito em filosofia, é melhor pular esta parte.

O Princípio Anerístico é o da ORDEM APARENTE; o Princípio Erístico é o da DESORDEM APARENTE. Tanto a ordem quanto a desordem são <u>*conceitos*</u> *criados pelo homem, e são divisões artificiais do CAOS PURO, que está um nível mais ao fundo do que o nível em que se cria distinções.*

Com nosso aparato de fabricação de conceitos chamado de "mente", nós olhamos para a realidade através de ideias-sobre-a-realidade que nossas culturas nos entregam. As ideias-sobre-a-realidade são erroneamente rotuladas como "realidade", e pessoas não esclarecidas ficam constantemente estarrecidas pelo fato de que outras pessoas, especialmente de outras culturas, veem a "realidade" de formas diferentes. São só as ideias-sobre-a-realidade que diferem. A realidade Real (Verdadeira com V maiúsculo) está um nível mais ao fundo do que o nível do conceito.

Nós olhamos para o mundo através de janelas sobre as quais foram desenhadas grades (conceitos). Filosofias

diferentes usam grades diferentes. Uma cultura é um grupo de pessoas com grades bem parecidas. Através de uma janela nós vemos o caos, e o relacionamos com pontos na nossa grade, e assim o compreendemos. A ORDEM está na GRADE. Este é o Princípio Anerístico.

A filosofia ocidental se preocupa tradicionalmente de contrastar uma grade com outra grade, e remendar as grades na esperança de encontrar uma perfeita que compreenda toda a realidade, e que seja, portanto, Verdadeira (de acordo com ocidentais não iluminados). Isto é uma ilusão; é o que nós Erisianos chamamos de ILUSÃO ANERÍSTICA. Algumas grades podem ser mais úteis do que as outras, algumas mais agradáveis do que as outras, etc., mas nenhuma pode ser mais Verdadeira do que qualquer outra.

DESORDEM é apenas informação não relacionada vista através de uma grade em particular. Mas, assim como "relação", não-relação é um conceito. Masculino, assim como feminino, é uma ideia a respeito de sexo. Dizer que masculinidade é a "ausência de feminilidade", ou vice-versa, é uma questão de definição metafisicamente arbitrária. O conceito artificial da não-relação é o PRINCÍPIO ERÍSTICO.

A crença de que "ordem é verdadeira" e desordem é falsa ou errada de alguma forma é a Ilusão Anerística. Dizer o mesmo sobre a desordem é a ILUSÃO ERÍSTICA.

No fim das contas, a verdade (com v minúsculo) representa uma definição relativa à grade que se usa no momento, enquanto a Verdade (com V maiúsculo) da realidade metafísica é absolutamente irrelevante no que diz respeito às grades. Escolha uma grade, e através dela uma parte do caos vai parecer ordenada, e outra parte vai parecer desordenada. Escolha outra grade e o mesmo caos vai aparecer ordenado e desordenado de forma distinta.

A Realidade é o Rorschach original.

Francamente! Grandes coisas.

00050

As Palavras do Tolo e as do Sábio
Não estão muito distantes aos Olhos do Discordiano.
LHV; O Livro dos Conselhos, 2:1

A ROBA do Cao Sagrado é simbolizada pela Maçã Dourada da Discórdia, que representa o Princípio Erístico da Desordem. A inscrição sobre ela, "KALLISTI", é a palavra grega que significa "PARA A MAIS BELA", e se refere a um velho mito sobre A Deusa. Mas os Gregos só tinham uma compreensão limitada da Desordem, e pensavam que se tratava de um princípio negativo.

O Pentágono representa o Princípio Anerístico da Ordem e simboliza o GORO. O Pentágono traz diversas referências; por exemplo, pode representar a geometria, um dos primeiros estudos da ordem formal a ser desenvolvido de forma elaborada*; e também está especificamente de acordo com a LEI DOS CINCO.

A VERDADE É QUÍNTUPLA MAS OS HOMENS SÓ TÊM UM NOME PARA ELA.
Patamunzo Linganunda

Ele também é a forma do Quartel General Militar dos Estados Unidos, o Pentágono, uma manifestação deveras impregnada da ordem almofadinha estabelecida sobre uma firme fundação de caos e constantemente entrando em erupção em uma desordem deslumbrante; e este edifício é um dos mais queridos Santuários Erisianos. Também ocorre que na época da magia medieval, o pentágono era o símbolo genérico associado a lobisomens, mas essa referência não foi de propósito, e deve-se deixar claro que o Movimento Erisiano não discrimina os lobisomens de forma alguma - nossa lista de associados está aberta a pessoas de todas as raças, nacionalidades e hobbies.

** O geômetra PITÁGORAS, no entanto, não era uma personalidade tipicamente anerística. Ele era o que nós chamamos de ANERÍSTICO EXPLODIDO e um AVATAR. Nós o chamamos de Arcângulo Pitágoras.*

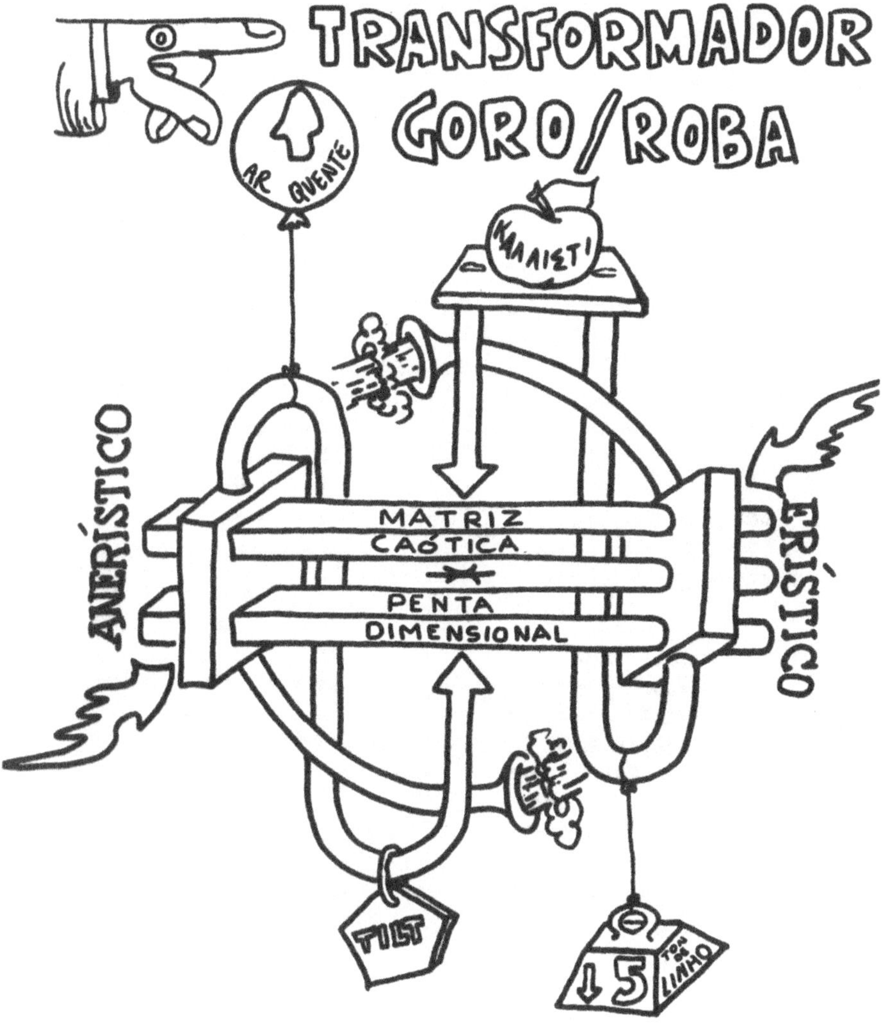

GRAVAÇÃO DE 28 DIAS

5. Hung Mung deu uma palmada em suas nádegas, deu uns pulinhos, e balançou sua cabeça, dizendo: "Eu não sei! Eu não sei!"
LHV, O Livro dos Gooks, Cap. 1

00052

SANTUÁRIO BRUNSWICK

No subúrbio de Whittier, em Los Angeles, há uma pista de boliche, e dentro desse local, no ano de Nossa Senhora da Discórdia de 3125 (1959*), Éris Se revelou ao Caroção da Maçã Dourada pela primeira vez.

Em honra a esse incrível Evento, esse Local Sagrado é reverenciado como um Santuário por todos os Erisianos. Uma vez a cada cinco anos, ao Caroção da Maçã Dourada planeja uma Peregrinação ao Santuário Brunswick como um ato de Devoção, no qual Nenhum Pão de Cachorro Quente é degustado, e pode-se ruminar um pouco sobre Tudo Isso.

Está escrito que quando O Caroção retornar ao Santuário pela quinta vez, por cinco vezes, o mundo irá chegar ao fim:

A DESTRUIÇÃO IMINENTE
CHEGOU

E Cinco Dias Antes Desta Ocasião O Apóstolo Malaclypse o Ancião Caminhará pelas Ruas de Whittier Trazendo uma Placa para Todos os Letrados Lerem o Seguinte: "DESTRUIÇÃO", como um Alerta da Destruição Próxima e Iminente de Todos os Homens. E Ele Sinalizará Esse Evento ao Procurar os Pobres e Distribuir para Eles Preciosos BUTTONS DO MAO e Whittier Será Conhecida como A Região do Baque por Esses Cinco Dias.

Como um serviço público para toda a humanidade e civilização em geral, e para nós em particular, a Força da Maçã Dourada concluiu que planejar esta Peregrinação é suficiente, e que é prudente nunca realmente chegar a embarcar nesta jornada.

Noite Feliz S̄ a

---

* Ou talvez fosse 1958, não lembro direito.

Qual É Real?

OS SEIXOS DE STARBUCK

Estes 5 seixos realmente formam um pentágono? Aqueles inclinados pela Ilusão Anerística diriam que sim. Aqueles inclinados pela Ilusão Erística diriam que não. Usando linhas cruzadas, formam uma estrela.

Uma Mente Iluminada pode ver todas essas alternativas, e ainda assim não insistir que qualquer uma é realmente verdadeira, ou que nenhuma delas é verdadeira em absoluto. Estrelas, pentágonos e desordem são todas criações desta mente, e ela pode fazer com eles o que bem entender. Na verdade, isso também se aplica ao conceito do número 5.

Você consegue mapear o CAMINHO para a AMADA do Capitão Namorado?

A realidade real está aí, mas tudo que você SABE sobre "ela" está na sua mente, e você pode fazer o que você quiser com isso. A conceitualização é uma arte, e VOCÊ É O ARTISTA.

Convicções criam condenados.

Quando eu tinha 8 ou 9 anos, eu adquiri uma revista de mulher pelada. Imagine só você minha desilusão quando, ao examinar as fotos com um microscópio, tudo que eu consegui encontrar foi um monte de pontinhos

00054

7. **Nunca escreva a lápis, exceto se você estiver em um trem ou doente, de cama.**

ÉRIS CONTEMPLA POR 3125 ANOS

Pun-jab é Sikh, Sikh, Sikh!

A PARATEO-ANAMETAMISTICALIDADE DE ÉRIS ESOTÉRICA (POEE)
Uma Desorganização Não-profética Arreligiosa

MALACLIPSE o Jovem, GCS

Onibenevolente Polipadre da Virgindade Dourada

ALTO SACERDOTE

O MOVIMENTO ERISIANO — CASA DOS APÓSTOLOS DE ÉRIS

(XX) Assuntos Oficiais ( ) Assuntos Clandestinos — página 1 de 1 páginas

Númeração do Documento Discordiano Oficial (se aplicável) : n/a

( ) Caroção da Maçã Dourada (XX) Casa dos Discípulos da Discórdia: A Burocracia, Agência de: DOGMAS

( ) Concílio dos Episkopos; Gabinete do Alto Sacerdócio, Seita da POEE ( ) Gaveta 0

DATA de Hoje: Dia da Cenoura DATA de Ontem: sim

CABALA de origem: CABALA JOSUÉ NORTON - São Francisco

PARA: REV. PÂNCREAS RAMPANTE, tRRoCR(a)pttM; Incrustação do Colorado

Irmão Ram,

Sua perspicaz observação de que ÉRIS ao contrário se escreve SIRE, ou seja, PAI, e sua inferência de que haja aqui um simbolismo sexual, me levou a fazer eu mesmo algumas observações.

ÉRIS com a parte que vem na frente colocada depois, se escreve RISE, que significa ERGUER. E escrito de dentro para fora, fica REIS, que é uma unidade monetária, ainda que usada pelos Portugueses e Brasileiros, e já fora de circulação. A partir disto, pode-se concluir que Éris usurpou Eros (deus do amor erótico) aos olhos daqueles que lêem de trás para a frente; o que obviamente deixou Eros sorE, magoado. Então, aparentemente, Ela se apossou da Tesouraria Olimpiana e foi para o Brasil; onde Ela abriu uma rede de puteiros (que certamente ergueriam a população masculina). Eu imagino que seja exatamente desta forma, pois A MADAMA, ou CAFETINA, se lê da mesma forma de trás para a frente e de frente para trás. Além disso, é um termo respeitoso, como SIRE, ou PAI.

E portanto, agradeço pela perspicácia, pode ser exatamente esta a pista faltante para desvendar o mistério de por onde caralhos Éris se enfiou nos últimos 3125 anos

CINCO TONELADAS DE LINHO !

Mal²

CIRCULAÇÃO RESTRITA

KALLISTI — SALVE ÉRIS — LOUVEMOS A DISCÓRDIA

Guarde bem esta Carta, ela pode ser um DOCUMENTO IMPORTANTE — Form. No. O.D.D. Iib/II.I.37D.VVM:3124

DOGMA III - HISTÓRIA Nº 2, "COSMOGONIA"

que não é a mesma coisa que DOGMA I - METAFÍSICA Nº2, "COSMOLOGIA" (Livro de Uterus)

No princípio havia o VAZIO, que tinha duas filhas; uma delas (a menor) era a do SER, e se chamava ÉRIS, e a outra (a maior) era a do NÃO-SER, e se chamava ANÉRIS. (Até hoje, a verdade fundamental de que Anéris é a maior é aparente para todos os que comparam o grande número de coisas que não existem com o número comparativamente menor de coisas que existem.)

Éris nasceu grávida, e depois de 55 anos (Deusas têm um período de gestação anormalmente comprido - maior até mesmo que o dos elefantes), Sua gravidez gerou os frutos de muitas coisas. Estas coisas eram compostas dos Cinco Elementos Básicos, DOCE, BUM, PUNGENTE, AZEDO e LARANJA. Anéris, no entanto, foi criada estéril. Quando viu Éris Se divertindo tanto com todas as coisas existentes que Ela havia gerado, Anéris ficou com ciúmes e um dia, finalmente, roubou algumas coisas existentes, as transformou em inexistentes, e as reivindicou como suas próprias crias. Isto magoou profundamente Éris, que sentia que Sua irmã era injusta (sendo tão maior, afinal) por negar a Ela estas pequenas alegrias. Então Ela se fez grávida novamente para criar mais coisas. E Ela jurou que não importava quantas de suas crias Anéris roubasse, Ela iria criar mais. E, em troca, Anéris jurou que não importava quantas coisas existentes Éris gerasse, ela iria no fim das contas encontra-las e transformar-las em coisas inexistentes para ela mesma. *(E até hoje, coisas aparecem e desaparecem exatamente desta mesma maneira.)*

No começo, as coisas criadas por Éris estavam em um estado de caos e iam para todos os lados, mas aos poucos Ela começou a brincar com elas, e organizou algumas só para ver o que aconteceria. Algumas coisas bonitas surgiram dessa brincadeira, e pelos próximos cinco zilhões de anos, Ela Se divertiu criando ordem. E então Ela agrupou algumas coisas com outras, e alguns grupos com outros, e todas as combinações até que Ela obteve diversos grandes padrões que A deleitavam.

Absorta em estabelecer a ordem, Ela finalmente um dia percebeu a desordem (anteriormente não aparente, pois tudo era caos). Havia muitas formas nas quais o caos estava ordenado, e muitas formas em que não estava.

"Ha", Ela pensou, "Haverá aqui um novo jogo".

E Ela ensinou a ordem e a desordem a competirem entre si em jogos, e a se alternarem em entreter uma à outra. Ela nomeou o lado de desordem em Sua própria homenagem, "ERÍSTICO", pois Ser é anárquico. E então, num clima de simpatia por Sua solitária irmã, Ela nomeou o outro lado "ANERÍSTICO", o que lisonjeou Anéris e diminuiu um pouco da tensão entre as duas.

E durante todo esse tempo, o Vazio estava sendo de alguma forma perturbado. Ele se sentia insatisfeito pois criou somente a existência física e a inexistência física, e negligenciou o espiritual. Ao contemplar isso, um grande Silêncio se desencadeou, e ele entrou em um estado de Sono Profundo que durou por 5 eras. No fim desse ordálio, ele gerou um irmão para Éris e Anéris, o da ESPIRITUALIDADE, que não tinha nome algum.

Quando as Irmãs ouviram isso, ambas confrontaram o Vazio e pleitearam que ele não esquecesse delas, suas Primogênitas. E assim sendo, o Vazio decretou:

Que este irmão, não possuindo forma, deveria residir com Anéris no Não-Ser, e então deixá-la, e para que pudesse brincar com a ordem e a desordem, residir com Éris no Ser. Mas Éris se encheu de tristeza quando Ela ouviu isto, e começou a chorar.

"Por que você está desanimada?", perguntou o Vazio, "Seu novo irmão vai passar algum tempo com você". "Mas Pai, Anéris e eu andamos brigando, e ela vai tomar ele de mim quando o descobrir, e fazer ele voltar ao Não-Ser". "Compreendo", respondeu o Vazio, "Então eu decreto o seguinte:"

"Quando seu irmão sair da residência do Ser, ele não deverá voltar a residir no Não-Ser, mas sim voltará a Mim, o Vazio, de onde ele veio. Vocês meninas podem brigar à vontade, mas Meu filho É seu irmão e Nós todos somos de Mim."

E é assim que nós, homens, não existimos até existirmos; e então é assim que nós brincamos com nosso mudo de coisas existentes, e as organizamos e desorganizamos, e assim será que a inexistência nos levará de volta da existência e que a espiritualidade retornará ao Vazio, como uma criança cansada voltando para casa depois de um circo muito louco.

"Tudo é verdadeiro – Tudo é permissível!"

– Hassan i Sabbah

UM RITO DE MESTÉRIO DA POEE - O CÂNTICO SRI SYADASTIANO

Escrito, de alguma forma, por Mal-2

Ao contrário de uma canção, cânticos não devem ser cantados, mas entoados. Este em particular é muito potencializado ao se usar apenas um Líder para a parte em Sânscrito do cântico, com todos os participantes entoando em Português. É também conveniente estar em um estado de paz mental, e sentado em uma posição imóvel, talvez A Posição da Ranúnculo. Também ajuda estar em outro planeta, completamente chapado.

RUB-A-DUB-DUB
Ó! Salve Éris. Abençoado S. Hung Mung.
SYA-DASTI
Ó! Salve Éris. Abençoado S. Mo-Jo.
SYA-DAVAK-TAVYA
Ó! Salve Éris. Abençoado S. Zara-Baque.
SYA-DASTI SYA-NASTI
Ó! Salve Éris. Abençoado S. Mal Ancião.
SYA-DASTI KAVAK-TAV-YASKA
Ó! Salve Éris. Abençoado S. Gu-lik.
SYA-DASTI, SYA-NASTI, SYA-DAVAK-TAVYASKA
Ó! Salve Éris. Louvemos a Dis-cór-dia
RUB-A-DUB-DUB

Repete-se indefinidamente, ou pelas primeiros três mil quilômetros, o que acontecer primeiro.

A CLASSIFICAÇÃO DOS SANTOS

1. SANTO DE SEGUNDA CLASSE

Reservado a todos os seres humanos merecedores de santidade. Exemplo: S. Norton Primeiro, Imperador dos Estados Unidos e Protetor do México (sua sepultura próxima de São Francisco é um Santuário oficial da POEE).

AS QUATRO CATAGORIAS A SEGUIR SÃO RESERVADAS PARA SERES FICCIONAIS, QUE, POR NÃO SEREM DE VERDADE, TÊM MAIORES CHANCES DE SEREM PERFEITOS.

2. SANTO LANCEIRO

Bom material para Santo, e definitivamente inspirador.
Exemplo: S. Yossarian (Ardil-22, Heller)

3. SANTO TENENTE

Excelente Santo saturado pela Deusa.
Exemplo: S. Quixote (Dom Quixote, Cervantes)

4. SANTO BRIGADEIRO

Comparável ao Santo Ten., mas com um séquito estabelecido (fictício ou fatual).
Exemplo: S. Bokonon (Cama de Gato, Vonnegut)

5. SANTO DE CINCO ESTRELAS

Os Cinco Apóstolos de Éris.

NOTA: É uma Antiga Tradição Erisiana nunca concordar com os outros a respeito dos Santos.

Todo mundo entende Mickey Mouse. Poucos entendem Herman Hesse. Muito poucos entendem Albert Einstein E ninguém entende Imperador Norton.

— Slogan da CABALA NORTON-S.F.

Estudos Médicos Comprovam que é Possível Encolher

\- Sobre Ocultismo -

Magos, especialmente após as influências Gnósticas e da Qabalah, vêm buscando consciência superior através de assimilação e controle dos opostos universais - bem/mal, positivo/negativo, masculino/feminino, etc. Mas devido à inflexível pompa da ritualística herdada dos antigos métodos dos xamãs, os ocultistas não estão enxergando aqueles que talvez sejam os dois mais importantes pares de opostos no plano terreno: ORDEM/DESORDEM e SÉRIO/ENGRAÇADO.

Os magos, bem como seus descendentes, os cientistas, sempre consideraram a si próprios e a seus objetos de estudo de forma ordenada e sóbria, desconsiderando assim um equilíbrio metafísico essencial. Quando os magos aprendem a considerar a filosofia como uma arte maleável ao invés de uma Verdade imutável, e aprendem a apreciar o absurdo dos esforços do homem, neste momento eles tornar-se-ão capazes de buscar sua arte com um coração mais leve, e talvez adquiram uma compreensão mais clara dela, conseguindo desta forma uma magia mais eficaz. CAOS É ENERGIA.

Esse é, no entanto, um desefio essencial aos conceitos básicos de todo o ocultismo ocidental, e a POEE vem alegre e humildemente oferecer a primeira ruptura relevante no ocultismo desde Salomão.

"Estude Demonologia Com Um Inimigo Este Domingo" diz Thom, Gnos

00062

SISTEMA ASTROLÓGICO DA POEE

1) No seu próximo Aniversário, retorne ao seu local de nascimento, e precisamente à meia-noite, considerando o horário de seu nascimento e a data da observação, conte todas as estrelas visíveis.
2) Quando tiver feito isso, me escreva e eu vou lhe dizer o que fazer em seguida.

O teorema a ser provado é que se qualquer número ímpar de pessoas sentar-se aleatoriamente ao redor de uma mesa circular com placas com os nomes das pessoas, é sempre possível girar a mesa até que no mínimo duas pessoas estejam sentadas do lado oposto de suas placas. Considere o contrário. Considerando n o número ímpar de pessoas, e substituindo seus nomes pelos inteiros de 0 a n – 1 "de forma que as placas estejam organizadas sequencialmente ao redor da mesa. Se um observador o se sentar inicialmente no lugar da posição p, então a mesa precisa ser girada g passos antes que ele esteja sentado na posição correta, onde g = p – o, a não ser que o resultado seja negativo; neste caso, g = p – o + n. A coleção de valores de o (e de p) para todos os observadores é claramente a série de inteiros de 0 a n – 1, cada um sendo usado uma vez; o mesmo também é válido para a coleção de valores de g, ou então dois observadores estariam sentados corretamente ao mesmo tempo. A soma das equações acima, uma para cada observador, resulta em S – S + nk, onde k é um inteiro e S = n(n – 1)/2, a soma dos inteiros de 0 a n – 1. Portanto, n = 2k + 1, um número ímpar". Isto contradiz a premissa original.

"Eu na verdade resolvi este problema alguns anos atrás", escreve Rybicki, "com um problema diferente mas absolutamente equivalente, uma generalização do problema das 'oito rainhas' que não se atacam em um tabuleiro cilíndrico onde o ataque diagonal se restringe somente a uma direção de inclinação.

CARDAN, O CÉLEBRE MATEMÁTICO DO SÉCULO 16, DETESTAVA TANTO LUTERO QUE ALTEROU SUA DATA DE NASCIMENTO PARA QUE LHE COUBESSE UM HORÓSCOPO DESFAVORÁVEL

A MALDIÇÃO DE CARACINZA E A INTRODUÇÃO DO NEGATIVISMO

Escolher a ordem ao invés da desordem, ou a desordem ao invés da ordem, é entrar numa onda composta tanto do criativo quanto do destrutivo. Mas escolher o criativo no lugar do destrutivo é uma onda totalmente criativa, composta tanto da ordem quanto da desordem. Para entrar nessa, é preciso somente aceitar a desordem criativa junto com, e em iguais proporções à ordem criativa, e também estar disposto a rejeitar a ordem criativa como algo indesejável, tanto quanto a desordem criativa.

A Maldição de Caracinza incluiu a divisão da vida em ordem/desordem como a polaridade essencial de positivo/negativo, ao invés de construir as bases para um jogo com criativo/destrutivo como fundamentos do positivo/negativo. Ele assim fez com que o homem suportasse os aspectos destrutivos da ordem, e evitou que o homem participasse efetivamente dos usos criativos da desordem. A civilização reflete esta divisão infeliz.

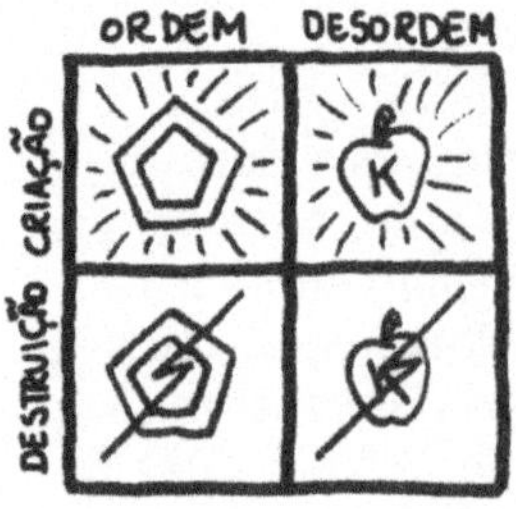

A POEE defende que a outra divisão é preferível, e trabalhamos com o a premissa de que a desordem criativa, assim como a ordem criativa, é possível e desejável; e que a ordem destrutiva, assim como a desordem destrutiva, é desnecessária e indesejável.

Busque o Cao Sagrado - nele você encontrará a tolice de toda a ORDEM/DESORDEM. São a mesma coisa!

RITUAL MÁGICO ERISIANO - A MALDIÇÃO DO PERU

Revelada pelo Apóstolo Dr. Van Van Mojo como uma forma específica de anular a maligna Maldição de Caracinza, a MALDIÇÃO DO PERU é aqui transmitida aos Erisianos de toda parte para sua justa proteção.

A Maldição do Peru funciona. É firmemente baseada no fato de que Caracinza e seus seguidores exigem um ambiente absolutamente anerístico para funcionarem, e que uma bem colocada adição de vibrações erísticas neutralizará suas bases. A Maldição do Peru é projetada unicamente para anular vibrações anerísticas negativas, e se introduzida em um ambiente anerístico neutro ou positivo (como um poeta trabalhando com rimas) ela mostra-se-á inofensiva, ou na pior das hipóteses simplesmente incômoda. Ela não é projetada para funcionar contra vibrações erísticas negativas, apesar de poder ser usada como um veículo erístico para introduzir vibrações positivas em um ambiente erístico desvirtuado. Neste aso, é responsabilidade do Magista Erisiano produzir as vibrações positivas necessárias para que resultados sejam obtidos. CUIDADO - toda mágica é poderosa e exige coragem e integridade da parte do magista. Esse ritual, se mal empregado, pode sair pela culatra. Motivação positiva é essencial para auto-proteção.

PARA REALIZAR A MALDIÇÃO DO PERU:

Fique de pé como se você fosse John L. Sullivan se preparando para dar socos. Encare o caracinza em particular que você deseja curto-circuitar, ou a direção da vibração anerística negativa que você desejar neutralizar. Comece a balançar seus braços de qualquer forma elaborada e faça movimentos com as mãos como se você fosse o Mandrake apalpando uma gigantona sexy. Entoe, alto e claro:

GLU, GLU, GLU, GLU, GLU!

Os resultados manifestar-se-ão instantaneamente.

A ABORDAGEM SOCRÁTICA é muito eficaz ao confrontar os ignorantes. A "abordagem socrática" é o nome que se dá a iniciar uma discussão fazendo perguntas. Você se aproxima de um inocente e simplesmente pergunta "Você sabia que o nome de Deus é Éris e que Ele é uma garota?". Se a resposta for "Sim", então ele é provavelmente um companheiro erisiano, e você pode deixar pra lá. Se ele disser "Não", então siga rapidamente para:

A AFIRMAÇÃO CEGA e diga: "Bem, Ele é uma garota, e Seu nome é ÉRIS". Astutamente observe se o indivíduo está convencido. Se estiver, consagre-o membro da Legião da Discórdia Dinâmica antes que ele muda de ideia. Se ele ainda não parecer convencido, prossiga para:

A FORÇAÇÃO DA FÉ: "Mas você precisa ter Fé! Tudo está perdido sem Fé! Eu sinto muita pena de você porque você não tem Fé". E adicione:

O ARGUMENTO DO MEDO, e em uma voz ameaçadora, pergunte: "Você sabe o que acontece com aqueles que negam a Deusa?". Se ele hesitar, não diga a ele que ele irá certamente reencarnar como um precioso Button do Mao e será distribuído aos pobres na Região do Baque (o que seria uma coisa maldosa de se dizer), apenas balance sua cabeça com tristeza e, enquanto enxuga uma lágrima de seu olho, prossiga para:

O ESTRATAGEMA DA PRIMEIRA CLÁUSULA, onde você aponta para toda a discórdia e confusão no mundo, e exclama: "Bem, quem diabos você pensa que fez tudo isso, sabichão?". Se ele disser "Ninguém, só forças impessoais", rapidamente responda com:

O ARGUMENTO POR GINÁSTICA SEMÂNTICA, e diga que ele está absolutamente certo, e que estas forças impessoais são femininas e que Seu nome é ÉRIS. Se ele, espantosamente, permanecer obstinado, finalmente recorra a:

A ESQUIVA DO SIMBOLISMO FIGURATIVO, e confidencie que pessoas sofisticadas como ele reconhecem que Éris é um Símbolo Figurativo da Realidade Metafísica Inefável e que o Movimento Erisiano é na verdade mais como uma poesia do que como uma ciência, e que ele está correndo o risco de ser transformado em um precioso button do Mao e ser distribuído para Os Pobres na Região do Baque se não entrar no esquema. Então coloque ele na sua lista de contatos.

00066

AFUNDAR

UM JOGO

Por Ala Hera, E.L., N.S.; PANTERAS MAÇÃ DE RAYVILLE

AFUNDAR é jogado por Discordianos e pessoas da melhor estirpe.

OBJETIVO: Afundar objeto ou um objeto ou uma coisa... em água ou lama ou qualquer coisa que; dê pra afundar alguma coisa.

REGRAS: Afundar é permitido de qualquer maneira. Até hoje, um bloco de cinco quilos de lama foi usado para afundar uma lata de tabaco. É preferível ter uma poça d'água ou um buraco para as coisas caírem. Mas rios - baías - golfos - ouso dizer que até oceanos podem ser usados.

TURNOS se alternam desta forma: quem conseguir jogar as paradas no ar primeiro.

DEVER: É o dever de todos os jogadores de "AFUNDAR" ajudar a encontrar objetos para afundar; uma vez que um objeto tenha sido afundado.

APÓS AFUNDAR: Quem afundou deve gritar "Afundei!", ou algo igualmente inspirado.

NOMEAR OS OBJETOS é às vezes desejável. O objeto é nomeado por aquele que o encontra, e quem o afundar pode dizer, por exemplo: "Afundei Columbus, Ohio".

"DE CERTA FORMA, SOMOS UM TIPO DE FORÇA DE PAZ."
- MAJ. A. LINCOLN GERMAN, DIRETOR DE TREINAMENTO DA ESCOLA ESPECIAL DE GUERRA DOS BOINAS VERDES, FT. BRAGG, NC

UM ESFORÇO CONJUNTO DA SOCIEDADE DISCORDIANA

Frente de Libertação das Agências de Correio

LICENÇA DE EXPORTAÇÃO NÃO NECESSÁRIA

ESTA É UMA CARTA CORRENTE

DENTRO DOS PRÓXIMOS CINQUENTA E CINCO DIAS VOCÊ VAI RECEBER TROCENTOS QUILOS DE CORRENTES!
Enquanto isso - plante suas sementes.

Se um monte de pessoas que receberem esta carta plantarem algumas sementes e um monte de pessoas receberem esta carta, então um monte de sementes serão plantadas. Plante suas sementes.

Em parques. Em estacionamentos. Floreiras públicas. Em lugares remotos. Na Prefeitura. Onde quiser. Quando quiser. Ou comece uma plantação no seu armário (mas faça uma pesquisa básica antes de fazer isso). Para plantar casualmente, é melhor deixa-las encharcadas em água por um dia e depois plantá-las em grupos de mais ou menos 5, a um centímetro de profundidade. Não se preocupe muito com o clima, elas sabem quando o clima está errado e vão tentar esperar a natureza. Não as encharque se estiver no inverno. As sementes são uma forma de vida muito calorosa, e desejam crescer e florescer. Mas algumas delas precisam de ajuda para começar. Plante suas sementes.

Faça algumas cópias desta carta (5 seria legal) e mande-as para amigos seus. Tente enviar para cidades e estados diferentes, e até para países diferentes. Se não quiser, então pelo menos passe essa cópia para alguém, e talvez este alguém queira.

NÃO HÁ VERDADE
Na lenda de que se você jogar fora uma carta corrente, todo tipo de desastres catastróficos, abomináveis e ultrajantes vão acontecer. Exceto, é claro, do ponto de vista das suas sementes.

00068

P. "Como os cérebros dos pica-paus não se esmagam?"
R. Ninguém nunca explicou isso.

AVATARES

-MUNDANO-

	ERISIANO	ERÍSTICO	ANERISTICO	MISC.	5º COLUNA
EXPLODIDO	1A	1B	1C	1D	1E
EXPANDIDO	2A	2B	2C	2D	2E
CONSCIENCIOSO	3A	3B	3C	3D	3E
CONSCIENTE	4A	4B	4C	4D	4E
INCONSCIENTE	5A	5B	5C	5D	5E

-DIVINO-

"E disse Deus: Eis que vos tenho dado toda a erva que dê semente, que está sobre a face de toda a terra; e toda a árvore, em que há fruto que dê semente, ser-vos-á para mantimento."
-- Gênesis 1:29

Perguntas

Tenha uma conversa amigável com a turma. Permita que cada criança fale sobre qualquer parte do capítulo sobre "Cortesia nos Corredores e nas Escadarias" que elas tenham gostado. Cite algumas causas para confusões na sua escola.

LIQUIDADO

00069

Capítulo 1, EPÍSTOLA AOS PARANÓICOS
-- *Lorde Omar*

1. Vós vos trancastes em jaulas de medo - e vejam, agora reclamais que vos falta LIBERDADE!

2. Vós demonizastes vossos irmãos, e agora reclamais, lamentando, que fostes deixados para lutar sós.

3. Todo o Caos já fora vosso reino; em verdade, vós dominastes todo o Pentaverso, mas hoje vós temeis cantos escuros, recantos e ralos.

4. Ó, como as escuridões avolumam-se, umas contra as outras, em vossos corações! O que temeis vós mais do que aquilo que vós haveis forjado?

5. Em verdade, em verdade eu vos digo, nem todos os Ministros Sinistros dos Illuminati da Baviera, trabalhando juntos em conjunto, poderiam entremear a terra com tribulações como vossos alertas infundados.

APESAR de fortes evidências em contrário, há rumores persistentes de que foi o irmão do Sr. Momomoto quem engoliu o Sr. Momomoto no verão de 44.

Publicidade

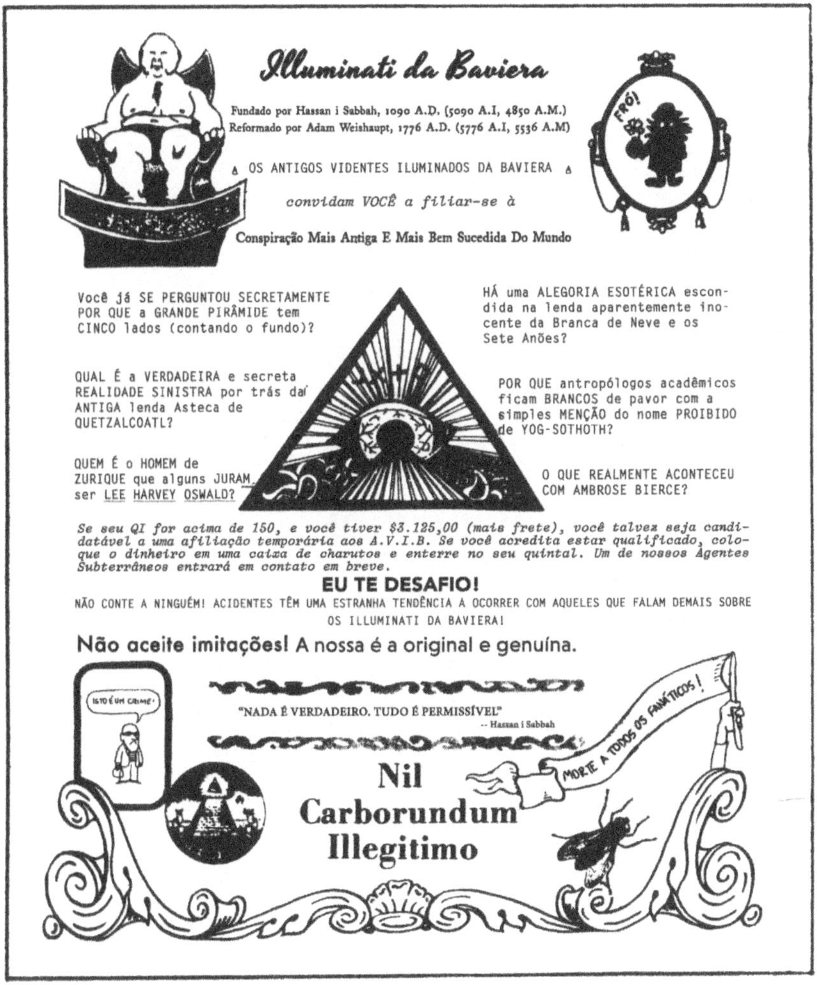

"ILUMINE A OPOSIÇÃO!"
-- Adam Weishaupt, Grão Primus Illuminatus

OFICIAL
ILLUMINATI DA BAVIERA
"EWIGE BLUMENKRAFT!"

MEMORANDO INTERNO PRIVADO ENTRE ESCRITÓRIOS

OS ANTIGOS VIDENTES ILUMINADOS DA BAVIERA – LOJA VIGILÂNCIA
Malik Doidão, Hauptscheissmeister; Residente da Cabala Norton

D5
X

CÓDIGO CIFRADO CRIPTOGRÁFICO SUPER SECRETO DA SOCIEDADE DISCORDIANA

De possível interesse a todos os Discordianos, esta informação é aqui disponibilizada dos cofres da A.V.I.B., sob os auspícios do Episkopos Dr. Mordecai Malignatius, GCS.

AMOSTRA DE MENSAGEM: ("SALVE ÉRIS")

CONVERSÃO:

A	B	C	D	E	F	G	H	I	J	K	L	M	N	O	P	Q	R	S	T	U	V	W	X	Y	Z
1	2	3	4	5	6	7	8	9	10	11	12	13	14	15	16	17	18	19	20	21	22	23	24	25	26

PASSO 1. Escreva a mensagem (SALVE ÉRIS) e coloque todas as vogais no final (SLVRSAEEI)
PASSO 2. Inverta a ordem (IEEASRVLS)
PASSO 3. Converta em números (9-5-5-1-19-18-22-12-19)
PASSO 4. Coloque em ordem numérica (1-5-5-9-12-18-19-19-22)
PASSO 5. Converta novamente para letras (AEEILRSSV)

Este código cifrado criptográfico tem GARANTIA DE SER 100% INQUEBRÁVEL.

AVIB
NOVUS ORDO SECLORUM

CUIDADO! OS PARANÓICOS ESTÃO DE OLHO EM VOCÊ!

AQUI VAI UMA CARTA DOS A.V.I.B. PARA A POEE

A Conspiração Mais Antiga E Mais Bem Sucedida Do Mundo

Illuminati da Baviera

Fundado por Hassan i Sabbah, 1090 A.D. (5090 A.I, 4850 A.M.)
Reformado por Adam Weishaupt, 1776 A.D. (5776 A.I, 5536 A.M)

( ) Assuntos Oficiais (✓) Assuntos Clandestinos

DE: **MALIK DOIDÃO** Hauptscheissmeister

Caro Irmão Mal-2,

Em resposta à sua solicitação de inserir propaganda política não classificada na nova edição do PRINCIPIA, esperamos que o que segue lhes seja útil. E por favor, pare de nos incomodar com suas cartas incessantes!

Episkopos Mordecai, Guardião do Cartório Sojac, me informa que você tem permissão para revelar que nossos registros mais antigos mostram que nós fomos fundados em definitivo em Atlantis, por volta de 18.000 A.C., sob o comando de Kull, o galeote que ascendeu ao Trono da Valúsia. Restaurados por Pelias de Koth, por volta de 10.0000 A.C. Possivelmente foi ele quem ensinou os ensinamentos internos a Conan da Ciméria após Conan ter se tornado Rei da Aquilônia. Inicialmente trazidos ao hemisfério ocidental por Conan e ensinados aos sacerdotes Maias (Conan é Quetzalcoatl). Isto foi em 4 Ahua, 8 Cumhu, no calendário Maia. Restaurados por Abdul Alhazred em seu infame Al Azif, por volta de 800 A.D. (Al Azif foi traduzido em Latim por Olaus Wormius, em 1132 A.D., como O Necronomicon). Em 1090 A.D. houve a fundação da Seita Ismaelita (Hashashim) por Hassan i Sabbah, com ensinamentos secretos baseados em Alhazred, Pelias e Kull. A fundação dos Iluminados da Baviera por Adam Weishaupt ocorreu em 1° de Maio de 1776. Ele baseou isto nos outros. Weishaupt nos trouxe para os Estados Unidos durante o período em que fingiu ser George Washington; e foi ele o Homem de Preto que entregou O Grande Selo a Jefferson naquela noite. A tradução Iluminada está agora, é claro, nas mãos dos Antigos Videntes Iluminados da Baviera (A.V.I.B.), baseados aqui nos Estados Unidos.

Nossos ensinamentos não estão, eu reitero, disponíveis para publicação. Não há problema algum, no entanto, em admitir que alguns deles podem ser encontrados disfarçados em Finnegans Wake, de Joyce; Nova Express, de Burroughs; na tradução King James da Bíblia Sagrada (mas não nas versões em Latim e Hebraico); e no Manual de Instruções. Sem falar nos documentos particulares de Ben Franklin (!), mas estes nós vamos continuar suprimindo.

Considerando a situação atual - você sabe de quem eu estou falando - decidimos revelar algumas outras de nossas organizações. Sua publicação vem em boa hora, então mencione que além das velhas frentes, como os Maçons, os Bancos Rotschild, e o Sistema dos Bancos Centrais, agora nós temos controle considerável sobre o FBI (desde que Hoover morreu no ano passado, mas isso ainda é segredo), os Estudantes por uma Sociedade Democrática, o Partido Comunista dos Estados Unidos, a Associação Anarquista Americana, a Câmara de Comércio Júnior, a Sociedade da Lótus Negra, o Partido Republicano, a Sociedade John Dillinger Morreu Por Você, e o Acampamento Feminino Fogo na Roupa. Ainda é útil continuar com a fraude dos anticomunistas de que nós estamos buscando dominação mundial; então não revele que o controle político e econômico já era praticamente absoluto várias gerações atrás, e que nós estamos brincando com o mundo um pouco enquanto a civilização avança o suficiente para a fase cinco.

Antigos Videntes Iluminados da Baviera

--- A Sociedade Discordiana ---

MAIS

MALIK para Mal-2 Pag. 2

Na verdade você ainda pode divulgar o Trote do Banco Central do Vennard: "Desde os tempos do Aprisionamento na Babilônia existe uma força determinada, que age por trás dos panos, debaixo da mesa, ateísta, satanista, anticristã - adoradores de Mamon - cujo propósito imortal é o controle mundial através do controle do Dinheiro. Em 1° de Julho de 1776 (corrija para 1° de Maio, Vennard não dá uma dentro) a Serpente ergueu sua cabeça na sociedade secreta conhecida como Os Illuminati, fundada por Adam Weishaupt. Há evidência documental suficiente para provar que todas as revoluções, guerras, depressões, ataques e caos se originam desta fonte". Etc., etc., você conhece esse papo.

A localização aproximada de nosso QG nos EUA, por acaso, foi quase descoberta; e por isso vamos nos mudar pela primeira vez neste século (que saco!). Se você quiser, pode revelar que o QG fica no meio de um labirinto de esgotos debaixo da Dealy Plaza, em Dallas, e é presidido pelo Dealy Lama. Envio em anexo alguns planos para locais potenciais para o futuro. Por favor revise e adicione comentários que julgar pertinentes, especialmente em relação à propensão Erística do local do Pentágono.

Ah, e temos boas notícias para você, Irmão Mal! Sabe aquele gênio da cibernética de Zâmbia que se uniu a nós? Bem, ele conseguiu coordenar os computadores do FBI com o Sistema de Zurique, e nossos teóricos estão extasiados com todas as novas informações que estamos conseguindo. Olha, se vocês que estão de fora conseguirem segurar a onda e não se explodirem por só mais duas gerações, vamos finalmente conseguir. Depois de 20.000 anos, o sonho de Kull vai se realizar! Mal podemos acreditar. Mas o resultado é certo, se dermos tempo ao tempo. Nossos netos, Mal! Se a civilização sobreviver a estas crises, nossos netos vão viver em um mundo de liberdade autêntica, harmonia autêntica e satisfação autêntica. Eu espero estar vivo para ver isso, Mal, o sucesso está logo ali. Vinte mil anos . . . !

Ah, eu fico meio bobo só de pensar nisso. Boa sorte com o Principia. Ewige Blumenkraft! SALVE ÉRIS.

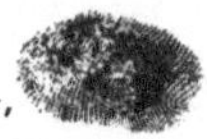

Com amor,

MALIK DOIDÃO

PS: PARTICULAR - Não é para ser publicado no Principia
Estamos voltando a usar duas Cifras Zwack para as comunicações classificadas. Seguem aqui com sua cópia. NÃO DIVULGUE ESSA INFORMAÇÃO - SEGURANÇA E-5.

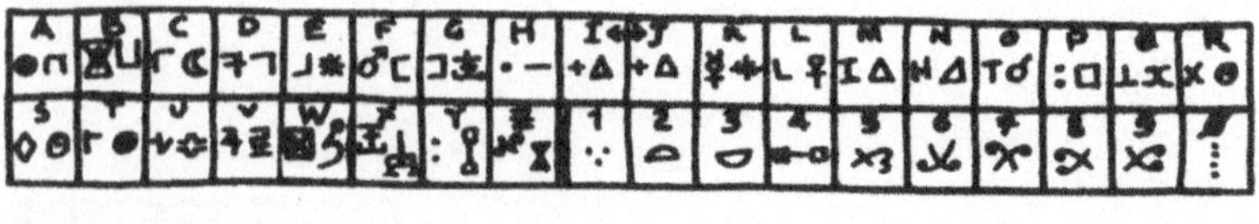

Parte Cinco

O Segredo de Ouro

NONSENSE COMO SALVAÇÃO

A raça humana começará a dissolver seus problemas no dia em que parar de se levar tão a sério.

Até então, a POEE propõe a contramedida do NONSENSE COMO SALVAÇÃO. Salvação de uma existência feia e bárbara que é o resultado de levar a ordem tão a sério e de temer tão seriamente ordens contrárias e desordem; de que JOGOS são levados mais a sério do que a VIDA; ao invés de encarar a VIDA COMO A ARTE DE JOGAR JOGOS.

Assim, propomos que o homem desenvolva seu amor inato pela desordem, e que brinque com a Deusa Éris. E que saiba que é uma brincadeira divertida, e que assim PODE SER REVOGADA A MALDIÇÃO DE CARACINZA.

Se você for capaz de dominar o nonsense tão bem quanto já aprendeu a dominar o que faz sentido, estas duas coisas vão expor umas às outras como o que realmente são: absurdos. A partir deste momento de iluminação, o homem começa a ser livre independentemente do ambiente ao seu redor. Ele torna-se livre para jogar jogos de ordem e mudá-los à vontade. Ele torna-se livre para jogar jogos de desordem só porque sim. Ele se torna livre para não jogar nenhum, ou ambos. E como mestre de seus próprios jogos, ele joga sem medo, e portanto sem frustração, e portanto com boa vontade em sua alma e amor no seu ser.

E quando os homens tornarem-se livres, então a humanidade será livre. Que você liberte-se dA Maldição de Caracinza. Que a Deusa dê brilho a seus olhos. Que você tenha o conhecimento de um sábio e a sabedoria de uma criança.
Salve Éris.

00074

ASSIM TERMINA <u>PRINCIPIA DISCORDIA</u>

Se você pensa que o PRINCIPIA é só uma palhaçada, vai ler novamente.

Sendo esta a 4ª edição, Março de 1970, São Francisco; uma revisão da 3ª Edição de 500 cópias, lançada em Tampa em 1969; que revisou 2ª Edição de 100 cópias de Los Angeles em 1969; que foi uma revisão de *PRINCIPIA DISCORDIA ou COMO O OESTE PERDEU*, publicado em Nova Orleans em 1965 em cinco cópias, quase todas perdidas por aí.

Publicado pelo Templo Cabeça da POEE - São Francisco
"NO FUTURO LOCAL DO BELO CÂNION DE SAN ANDREAS"

GABINETE DE MINHA REVERÊNCIA
MALACLYPSE O JOVEM GCS
OPVD ALTO SACERDOTE POEE

<u>*A ÚLTIMA PALAVRA*</u>

O documento que se encerra foi revelado a Mal-2 pela Própria Deusa através de muitas consultas a Ela dentro de sua Glândula Pineal. É garantido que esta é a Palavra da Deusa. No entanto, é no mínimo justo dizer que a Deusa nem sempre diz a mesma coisa para cada ouvinte, e que outros Episkopos às vezes ouvem coisas bem diferentes em suas Revelações, que também são a Palavra da Deusa. Consequentemente, se você prefere uma Seita Discordiana que não seja a POEE, então nenhuma destas verdades são amarras, e é realmente uma pena que você tenha lido tudo isso até a última palavra.

SOCIEDADE DISCORDIANA

DEDICADA A UM ENTENDIMENTO AVANÇADO DAS MANIFESTAÇÕES PARAFÍSICAS DO CAOS COTIDIANO

POEE

VOCÊ SABIA QUE VOCÊ TEM UMA GLÂNDULA PINEAL ASSIMÉTRICA?

Bem, você provavelmente tem uma, e é uma pena, porque Glândulas Pineais assimétricas perverteram o Espírito Livre do Homem, e subverteram a Vida em uma bagunça frustrante e infeliz.

Felizmente, você tem diante de si um manual que irá lhe mostrar como descobrir a sua salvação através de ÉRIS, A DEUSA DA CONFUSÃO. Ele irá lhe orientar sobre como equilibrar sua Glândula Pineal e atingir a Iluminação espiritual. E irá lhe ensinar como transformar sua bagunça miserável em uma bela, alegre e esplêndida.

SALVE ÉRIS
LOUVEMOS A DISCORDIA
POEE

POEE é uma ponte entre PEIXES e AQUARIOS

As Palavras dos Iluminados

Classificação Indicativa **18** ...NATURALMENTE

POR QUE ESTAMOS AQUI?

Você já se perguntou secretamente por que a Grande Pirâmide tem cinco lados – contando o fundo?

CONHECIMENTO SUPRIMIDO

HIGIENE

O Senhor prometeu: "Portanto, eis que trarei mal sobre a casa de Jeroboão; destruirei de Jeroboão todos os que mijem nas paredes ..." -- 1 Reis 14:10. (Esta prática anti-higiênica causou severas erosões em paredes de pau a pique).

GRANDE ÓPERA

"Por esta razão as minhas entranhas fazem por Moabe ruído como harpa, e o meu interior por Quir-Heres" -- Isaías 16:11.

Confrontado com as poderosas forças e elementos da natureza, o homem pensativo destemidamente contempla seu lugar no grande plano cósmico.

⤚ POEE ⤙

καλλιχτι

ESTE PODE SER O GUIA MAIS IMPORTANTE DA SUA VIDA!

***Sim*, Eu Quero Saber as Cinco Ações Simples que Irão me Transformar em um "Mago Mental" em um Único Final de Semana!**

Principia Discordia ou Como Encontrei A Deusa e o que Fiz com Ela quando A encontrei

Onde se explica absolutamente tudo que vale a pena saber sobre absolutamente qualquer coisa

— *A DEUSA ÉRIS TRIUNFA* —

ATENÇÃO!

Uso prolongado em um quarto escuro pode induzir alucinações ou acionar efeitos colaterais indesejados. Não deve ser usado na presença de pessoas propensas a epilepsia.

POSFÁCIO ESPECIAL
Para a Edição da Loompanics do Principia Discordia
G.H. Hill, São Francisco, 1979

ENTREVISTA COM A CABALA NORTON

por Cigana Skripto, Correspondente Especial

Mais ou menos dez anos se passaram desde que eu conheci o misterioso Malaclypse o Jovem. Eu estava fazendo uns bicos para os jornais alternativos e passei no Templo Cabeça da POEE na Rua Bateria 555 para tentar conseguir uma entrevista.

Eu o encontrei na Caixa de Correio do Templo, ocupado, terminando a nova Quarta Edição do Principia. Ele parecia impaciente comigo, insistindo que não tinha tempo nem vontade de responder perguntas idiotas de repórteres. Destemidamente, eu comecei a disparar perguntas como se ele preferia Vermelho do Panamá ou Ouro de Acapulco, e como caralhos ele conseguia caber dentro de uma caixinha de correio, e outras coisas pertinentes a inocentes e jovens escritores hippies semiletrados que largaram os estudos. Ele me perguntou se eu estava a fim de tomar mescalina e foder a noite toda, e disse que sabia se transformar em unicórnio, e disse que podia arrumar um espaço para uma microentrevista no começo do Principia se eu quisesse trabalhar para o Grande Bosta, então eu disse, beleza, OK, eu nunca tomei mescalina em uma caixa de correio antes.

No fim das contas, eu fui uma das últimas a ver Malaclypse. Como revelado em edições posteriores do Grande Bosta, ele veio a desaparecer, e os assuntos da POEE foram assumidos por seus estudantes na Cabala Norton. O Professor Ignotum P. Ignotius, do Departamento de Realidades Comparativas, foi incumbido do Cargo de Escrúpulo da POEE, e o Rev. Dr. Ocupante virou Guardião da Caixa. As cópias recém-publicadas do Principia foram distribuídas por Malik Doidão, Desorganizador de Bloco, que tinha contatos de distribuição com os Bavieratos de Alumínio. As relações práticas permaneceram nas mãos do artista conceitual G. Hill.

Quando as 1000 cópias do Principia acabaram, o Grande Bosta parou de circular, o Templo Cabeça fechou, e a Cabala pareceu simplesmente evaporar. Por fim, até a caixa foi fechada. Mas ao longo dos anos eu percebi que as cópias ainda estavam circulando, e que Cabalas Discordianas independentes volta e meia pipocavam do nada (e isso ainda acontece). E eu me perguntava o que teria acontecido com Malaclypse.

Quando eu li a trilogia Illuminatus, resolvi encontrar novamente e entrevistar os membros da Cabala Josué Norton da Sociedade Discordiana.

* * *

Quando eu estava chegando na Agência de Correios da Estação "F" de São Francisco, não pude evitar imaginar a Deusa, botando as mãos na massa e designando endereços para Seus postos avançados. Mal2 me contou que o Bom Lorde Omar sempre arquivava tudo como "F", de <u>Fora Do Arquivo.</u>

"Maya é incrível", eu pensava enquanto batia na portinha de metal e fui alegremente recebida por uma barba enorme que se apresentou como Professor Ignotius. Ele me levou a um salão espaçoso, decorado com painéis de madeira e tapeçarias, onde três outros estavam rindo e passando uns aos outros um jarro de vinho. O bronzeado de túnica era o Reverendo Doutor Ocupante, o arrumadinho de cáqui e jeans era Malik Doidão, e a jarra de vinho dizia ser Hill. Eu liguei o gravador....

CIGANA SKRIPTO [em resposta a uma pergunta]: ...1969, mas foi bem rápido. Acho que senti saudade de vocês.

MALIK DOIDÃO: Não é de se espantar, ele fazia quase tudo sozinho na época. Na época éramos só alunos dele, e normalmente estávamos fora resolvendo alguma coisa. Você trabalhava para o <u>Bosta</u>?

Cigana: Bem, por uma noite, pelo menos. A entrevista está no <u>Principia</u>.

REV. DR. OCUPANTE: Malik foi o único que ele deixou escrever para o <u>Bosta</u> ou usar o timbrado.

Cigana: Você [Malik] tinha mais autoridade do que os outros?

Malik: Não, [mas eu tinha permissão para falar no <u>Bosta</u>] porque [Malaclypse o Jovem] odiava política. Ele ficava irritado com Johnson e Nixon no Viet Nam porque estavam transformando o renascimento em uma revolução política e roubando o trovão sagrado. Então ele me treinou na Zenarquia, que ele aprendeu do Omar, e eu virei o anarcopacifista oficial da Cabala. Eu também era o intermediário com os Antigos Videntes Iluminados da Baviera, os Discordianos de Chicago. Mais tarde o Omar ativou o Hung Mung Cong Tong e o ELFO, e também a Operação Mindfuck. Eu também estava nesses. Mas na época eu estava disfarçado no <u>Grandes Bosta</u> como um repolho cremado para derrubar o FBI.

Cigana [para Hill]: Já que você escreveu, eu posso considerar que você é um anarquista?

G.H. HILL: Desde aquela época eu larguei a anarquia. Muitas regras - odiar o governo, essa coisa toda.

IGNOTUM PER IGNOTIUS: É como odiar suas próprias fantasias.

Malik: [Anarquia] também é enfrentar e seguir em frente, com ou sem essa coisa da fantasia. A condição é a mesma.

Ocupante: Um irmão precisa de vinho!

Malik: Nós tivemos essa discussão antes, Reverendo Doutor Irmão. Mas vinho antes das banalidades, passa a régua.

Cigana [para Hill]: E pacifismo?

Hill: Não tenho certeza de que já houve pacifistas. Mal2 não era, Malik era. Pessoalmente, eu aceitei a autodefesa, embora nunca tenha conseguido reconciliar isso com o ideal. No fim das contas desisti disso também. Na verdade eu desisti foi do idealismo.

Ignotius: O idealismo vive de regras. O realismo vive de pedras.

Hill: É. Eu me dou melhor com pedras.

Malik: Mal2 uma vez me disse que o pacifismo era um dilema. Se todo mundo fosse pacifista, então tudo seria perfeito. Mas ninguém vai ser pacifista a não ser que eu seja pacifista primeiro. Mas se eu for, e outra pessoa não for, então eu me dou mal. Ele disse que há cinco escolhas sob estas circunstâncias. A primeira seria jogar napalm em fazendeiros, a segunda seria executar seus pais. A terceira, hipocrisia; a quarta, covardia; e a quinta era engolir seu dilema. Zenarquistas são treinados em engolimento de dilemas.

Ocupante: Os Erisianos, como a POEE, também.

Ignotius: Isto é característico da perspectiva Discordiana.

Hill: Mas é claro que treinamento contradiz os princípios Discordianos.

Malik: E daí! Contradições não são nada para Discordianos.

Ocupante: Dilema, Schlimemma. [para Cigana]: O que você pensa disso, bonitona? Ainda não ouvimos sua opinião.

Cigana: Estou aqui como repórter, vocês falam.

Ocupante: Depois, então?

Cigana: Talvez. Depois.

Ocupante: Você está sorrindo.

Cigana: Ei, caras, depois. [para Hill]: Isso não te deixa meio esquizo?

Hill: Tudo bem, eu sou meio de Gêmeos.

Cigana: E a outra metade?

Hill: Touro. Isso faz de mim um esquizo teimoso.

Ignotius. Eu sou Baleia.

Ocupante: Eu escolho Sátiro.

Malik: Espíritos não têm signos.

Hill: Um personagem pode ter um signo se eu quiser.

Ocupante: Bem, eu posso ter um signo se eu quiser, e danem-se vocês.

Malik: Para com isso, Greg, você só acha que nós somos seus personages...

Ocupante: Você foi habitado por Malaclypse o Jovem. Ele faz você criar papéis, e estes papéis estão sendo interpretados por nós espíritos.

Ignotius: Uma relação pagã perfeitamente normal.

Hill: Bem, vocês podem encarar assim se quiserem, mas eu criei Mal2 de acordo com mihas especificações, exatamente como criei o resto de vocês.

Ocupante: Você não inventou Éris. Ela <u>fez</u> você pensar que criou o espírito de Malaclypse.

Hill: Bobagem! Além disso, eu mudei ela tanto que os Gregos nunca a reconheceriam.

Ocupante: Isso é o que Ela queria!

Ignotius: Divindades mudam as coisas o tempo todo.

Malik: O que você não percebe é que um espírito tem sua identidade própria.

Hill: Negativo. Um espírito é o produto de uma definição, e aquele que define por essas bandas sou eu. Sua identidade é o que eu disser que é. Só para provar, eu vou mudar o seu nome.

DEXTER CANHOTO: Por mim tudo bem. Destino é destino. Eu nunca gostei muito de "Malik Doidão", mesmo.Ignotius: Além disso, as pessoas confundiam ele com Joe Malik de Illuminatus.

Dexter: Eu meio que gostava da parte da confusão.

Ocupante: Não prova nada de qualquer forma.

Cigana: Este nome parece familiar. De onde é?

Hill: É um nome que eu inventei antigamente e nunca usei muito. Apareceu na página 38 do Principia como um trocadalho com o Vice-Presidente Spiro Agnew. Eu sempre pensei que tinha inventado o nome, mas agora que eu parei para pensar, parece um nome do Stan Freberg. Pode ter grudado na minha memória pré-consciente por causa da TV.

Cigana: Você pode usar esse nome sem a permissão dele?

Hill: Se é dele? Não sei. Espero que sim. Significa "esquerda direita" em Latim, e é um nome perfeito para um anarquista libertário. Na verdade, no meu tipo de arte, a questão do que eu posso usar livremente e o que eu não posso é um problema bem complicado.

Cigana: Como assim?

Hill: Bem, considere uma colagem, por exemplo. Como aquela antiga na página 36 do Principia. Cada pedacinho foi tirado de alguma obra maior criada por algum outro artista, publicada, e provavelmente com direitos autorais. Eu acho a maioria desses pedaços em jornais e revistas. Muitos em anúncios. Com uma colagem você escolhe e extrai do ambiente, e monta em uma nova relação original.

O próprio Principia é uma colagem. Uma colagem conceitual. Acontece tudo ao mesmo tempo. Mas visualmente é uma montagem, passando pelo tempo, como um livro.

Tem um monte de coisas pirateadas no Principia, especialmente nas margens. Mas eu também simpatizo com artistas que precisam ser os donos dos seus trabalhos, e vende-los, para viver. A arte, assim como o conhecimento, deveria ser liberada para todos. Mas não é. É assustador.

Cigana: De onde vieram todas as coisas no Principia?

Hill: Bem, uma resposta completa ocuparia um livro inteiro. A maioria dos escritos que são creditados a um nome são de uma pessoa de verdade, e quase sempre um nome diferente significa uma pessoa diferente. A maior parte das coisas não creditadas, sabe, Malaclypse, o texto é meu, apesar de algumas creditadas como Mal2 ou Omar terem sido na verdade escritas em conjunto, e passadas para lá e para cá, reescritas por nós dois. As coisas nas margens, notas, títulos colados e cabeçalhos e tal vieram de onde eu os achei - alguns são material original Discordiano não creditado, como o cabeçalho na página 12 e outras páginas, que vem de uma série de memorandos satíricos da Cabala Nosso Povo do Submundo. Todos os leiautes das páginas são meus, e alguns gráficos inteiros como o Cao Sagrado e o Transformador Goro/Roba são meus, mas na maioria dos casos eu só encontrei coisas por aí e juntei tudo. Eu fiz a maioria do conceito, mais ou menos 50% dos textos, 10% das imagens, e todo o leiaute.

Cigana: Especificamente, quais são algumas das fontes?

Hill: Bem, o poema na capa é de Walt Kelly, e foi falado por um de seus personagens em Pogo. Os selos do governo, começando no página 1, vêm de um livro de exemplos de selos do Escritório de Imprensa do Governo dos Estados Unidos. Western Union, na página 6, entou na jogada porque eu era operador de teletipo e tinha acesso a formulários em branco. Os carimbos de borracha vieram de tudo quanto é lugar, e alguns, como a maçã na página 27, eu mesmo fiz. Alguns eu mandei fazer, como o da página 1. A citação no alto da página 8 pode ser de Barnum, não tenho certeza. O homem pulando na página 12 é de uma propaganda. Eu reconheço o estilo - é um artista famoso de propagandas - mas não sei o nome. O Chinês naquela página é de um anúncio de doces, eu acho. O dinheiro de Norton na página 14 é histórico, com minhas pequenas adições. A maçã na página 17, assim como o triângulo na página 23 e o Cao Sagrado na página 50 são, acredite se quiser, colagens de mimeógrafos, da Cabala de Seattle. Aquele grupo produzia a melhor mimeografia que eu já vi. A Caixa Lamba Aqui na página 23 é uma das muitas coisinhas que apareciam em jornais alternativos na época. O cabeçalho Viagem 5 na 29 era o título de um dos capítulos dos livros de Tim Leary. O Cavaleiro no touro com a antena de TV no capacete na página 46 veio e uma revista altamente artística chamada Horseshit, feita por dois irmãos de Long Beach. Não lembro os nomes deles. A revista era ótima.

Ocupante: Éris contou a Mal2 o que usar e onde encontrar.

Hill: É, de certa forma isso é verdade. Esse é o motivo do meu nome não aparecer em lugar nenhum no Principia e de ter sido publicado com um copyright ao contrário - Reimprima o Que Bem Entender. Eu sabia que estava tomando liberdades, e não queria que minha intenção fosse mal-entendida. Era uma experiência, e era para ser uma obra alternativa, e isso envolve um conjunto ético diferente do de trabalhos comerciais.

Cigana: Não tem nenhum nome verdadeiro?

Hill: Ah, alguns. Camden Benares é um nome verdadeiro, porque ele mudou seu nome verdadeiro para seu Nome Sagrado. Também, em vez de usar Mordecai Malignatus, eu usei o nome verdadeiro do Bob Wilson na página 12, porque Werewolf Bridge é uma obra anterior ao Discordianismo. E é claro, pessoas de verdade como Neils Bohr aparecem nas citações.

Cigana: O que você pensa do Principia agora? Você gostaria de mudar alguma coisa?

Hill: Eu o considero uma obra de sucesso e não gostaria de mudar nada. De algumas formas, é uma obra imatura, e eu não sou a mesma pessoa que era 10 anos atrás, mas cumpriu os objetivos que defini para mim mesmo e teve o efeito que eu queria que tivesse. Mas ainda tem alguns erros.

Cigana: O que, por exemplo?

Hill: Ah, eu alterei uma citação de Tom Gnóstico na página 61 e acho que ele nunca me perdoou por isso. Ele está certo. Seixos de Starbuck deveria ter sido precedido pelo Mito de Starbuck, que estava sendo guardado para alguma coisa a mais, e nunca foi usado. Eu deveria ter usado quando tive a oportunidade. E então Éris me deu uma enganadinha, causando que a IBM fizesse o elemento de Grego da máquina de escrever selectric não bater com os caracteres no teclado. Então o pequeno "kallisti" que aparece primeiro na página título e por último na capa traseira saiu "kallixti", e eu era burro demais para saber a diferença.

Cigana: Vai haver algum dia uma Quinta Edição?

Hill: Já existe uma Quinta Edição, feita por Mal2. É um telegrama de uma página que reduz tudo a um aum infinito. Eu o encontrei numa Western Union onde a máquina ficou emperrada e cuspiu centenas de páginas só com "m"s. Ele fez disso a Quinta Edição, e saiu fora.

Principia/Malaclypse foi um trabalho muito pessoal para mim, e na verdade levou 10 anos até culminar. Foi uma única declaração que incluiu minha adolescência nos anos 50 e minha juventure nos 60. Quando eu finalmente terminei as colagens, sabia que tinha terminado. E esse é o motivo pelo qual, aspas, Malaclypse saiu fora. Eu sabia que tinha terminado. Eu não sabia exatamente o que era, mas estava pronto.

Ocupante: Tá vendo?

Cigana: Mais cedo você disse que cumpriu seus objetivos. Quais eram estes objetivos?

Hill: Bem, isso é difícil de responder porque eu continuei me refinando ao longo dos anos. Em 1969 eu basicamente me considerava um palhaço cósmico, e queria provar, por demonstração, que uma divindade pode ser absolutamente qualquer coisa.

Em outras palavras, pessoas inventam deuses e não o contrário. Mais tarde eu decidi que estava fazendo alguma forma de arte conceitual.

Nos anos 50, minha cultura me ensinou que eu fui criado por e para uma divindade, uma divindade especificamente masculina, e que todas as outras divindades eram FALSAS. Mas minhas experiências crescentes me mostraram que qualquer divindade é verdadeira em certo sentido e falsa em outro sentido. Então eu fui fazer o que minha sociedade me dizia que era impossível - criar uma religião de verdade a partir de uma divindade patentemente absurda.

Nos anos 50, uma divindade feminina era uma blasfêmia. Nos anos 70, uma divindade humorística ainda é considerada impossível, ridícula e blasfema. Até onde eu sei, eu provei meu ponto. Éris é uma divindade real, e mesmo que eu não promova o Erisianismo como uma religião séria....

Ocupante: Eu promovo!

Dexter: Fale por você.

Ignotius: Aqui, aqui.

Hill: ... eu chamo a atenção para o fato de que ela faz tanto sentido de sua própria perspectiva quanto outra religião qualquer, a partir de suas próprias perspectivas.

Ocupante: Eu acho que o paganismo é um caminho espiritual válido. Eu encorajo o Erisianismo porque ele faz piada de si mesmo. Eu acho isso saudável.

Ignotius: Se você consegue viver de forma recompensadora com a Deusa Éris, você pode viver com qualquer divindade, inclusive nenhuma ou todas.

Dexter: Eu não ligo muito para essa coisa de adoração, mas concordo com o Ocupante sobre o espírito da coisa. Nós vivemos em tempos agitados, o planeta inteiro está em estado de mudança. Se nós, como uma espécie, nos acovardarmos da confusão, morreremos com os moribundos. Isso é revolução.

Ignotius: Eu sou ateu. Não existe Greg Hill.

[gargalhadas]

Cigana [para Hill]: O que você acha de <u>Illuminatus</u>?

Hill: Ah, eu adoro. Eu estava terminando o <u>Principia</u> quando Shea e

Wilson estavam trabalhando no Illuminatus. A Dell levou cinco anos para publicar... talvez isso seja significativo. A Sociedade Discordiana em 1969 era uma rede de correspondência entre escritores independentes de vários tipos. A Cabala Norton era só eu e meus personagens, e eu usava as outras cabalas como um tipo de laboratório. Em compensação, os outros Discordianos jogavam as coisas deles para cima de mim. Nós íamos acumulando ideias, e qualquer um podia pegar qualquer coisa. Era um sopão de conceitos. A troca de ideias e técnicas expandia e encorajava a todos nós.

Eu gosto de Illuminatus por causa do surrealismo. Um método muito eficaz de escrita.

Ignotius: Eu fui citado erroneamente. Pior, eu nem estava naquela cena e se eu estivesse lá, teria dito outra coisa.

Dexter [para Ignotius]: Era eu naquela cena.

Ignotius: Ah, é?

Dexter: Ele confundiu nossos nomes.

Hill: Ele me confundiu também, em O Gatilho Cósmico. Bob diz que quando Oswald estava comprando o rifle do assassinato, minha namorada estava imprimindo a primeira edição do Principia na Xerox do Jim Garrison. Não era minha namorada, era a do Kerry; não era a Primeira Edição do Principia, eram só uns pensamentos Discordianos antigos; não era a Xerox do Garrison, era o mimeógrafo dele; e não foi exatamente antes de atirarem no Kennedy, foi alguns anos antes disso. *

A Primeira Edição do Principia, aliás, foi reproduzida nos escritórios da Xerox, quando xerox era uma tecnologia nova. Essa foi minha segunda viagem para Nova Orleans em 1965. Eu trabalhei para um cara na Bourbon Street que era vendedor da Xerox durante o dia.

Dexter: Eu acho que George Dorn tolerou demais o Hagbard. Se alguém aponta uma arma para mim, eu estou mais propenso a sair fora ou matar o fidaputa.

Ocupante: Você deveria ser um pacifista.

Dexter: Estou falando figurativamente, é claro. Amanhã te conto mais.

----

* Eu verifiquei isso melhor com o Sr. Thornley. Ele disse que a mulher em questão não era sua namorada, era só uma amiga, e não foi alguns anos antes do Kennedy ser assassinado, e sim alguns anos depois (mas antes de Garrison investigar Thornley). -CS

Cigana [para Hill]: Você realmente traduziu poesias eróticas Etruscas?

Hill: Claro, mas usei um pseudônimo. Eu assinei "Robert Anton Wilson".

[Ouve-se uma batida rápida na porta]

Cigana: Eu só tenho mais uma pergunta...

Dexter: Eu atendo.

Cigana: ... o que eu realmente quero saber é como todos nós conseguimos caber em uma caixa de correio minúscula?

Dexter [para Cigana]: É um telegrama para você, do Mal2.

Cigana: Para mim?

[Papel rasgando]

Cigana [lendo]: "Se eu dissesse para todo mundo como eles conseguem viver dentro de uma caixa de correio, todo mundo ia parar de pagar aluguel e iria viver dentro de suas caixas de correio. Isso derrubaria o prédio! Você consegue _imaginar_, correios desabando em todo o país, no hemisfério, no PLANETA! O sistema de comunicação do mundo inteiro seria destruído. Não, não, eu não posso dizer. Eu não _ousaria_!"

###

Quinta Edição ODD#∞

PRINCIPIA DISCORDIA
ou
O LOUVOR DA LAGARTA À BORBOLETA

sendo a

DECLARAÇÃO FINAL
de Malaclypse, o Jovem

Publicado pela Cabala Josué Norton

CLASSE DE SERVIÇO
Esta é uma mensagem rápida a não ser que o caráter de deferimento seja indicado pelo símbolo adequado

WESTERN UNION

TELEGRAMA®

SÍMBOLOS
CD = Carta Diurna
CN = Carta Noturna
CT = Carta Telegráfica Internacional

O horário de arquivamento indicado na linha de data em telegramas domésticos é o HORÁRIO LOCAL do remetente. O horário de recebimento é o HORÁRIO LOCAL do destinatário

---

MMMMMMMMMMMMMMMMMMMMMMMMMMMMMMMMMMMMMMMMMMMMMMMMMMMMMMMMMMMM

MMMMMMMMMMMMMMMMMMMMMMMMMMMMMMMMMMMMMMMMMMMMMMMMMMMMMMMMMMMM

MMMMMMMMMMMMMMMMMMMMMMMMMMMMMMMMMMMMMMMMMMMMMMMMMMMMMMMMMMMM

MMMMMMMMMMMMMMMMMMMMMMMMMMMMMMMMMMMMMMMMMMMMMMMMMMMMMMMMMMMM

MMMMMMMMMMMMMMMMMMMMMMMMMMMMMMMMMMMMMMMMMMMMMMMMMMMMMMMMMMMM

MMMMMMMMMMMMMMMMMMMMMMMMMMMMMMMMMMMMMMMMMMMMMMMMMMMMMMMMMMMM

MMMMMMMMMMMMMMMMMMMMMMMMMMMMMMMMMMMMMMMMMMMMMMMMMMMMMMMMMMMM

MMMMMMMMMMMMMMMMMMMMMMMMMMMMMMMMMMMMMMMMMMMMMMMMMMMMMMMMMMMM

MMMMMMMMMMMMMMMMMMMMMMMMMMMMMMMMMMMMMMMMMMMMMMMMMMMMMMMMMMMM

MMMMMMMMMMMMMMMMMMMMMMMMMMMMMMMMMMMMMMMMMMMMMMMMMMMMMMMMMMMM

MMMMMMMMMMMMMMMMMMMMMMMMMMMMMMMMMMMMMMMMMMMMMMMMMMMMMMMMMMMM

MMMMMMMMMMMMMMMMMMMMMMMMMMMMMMMMMMMMMMMMMMMMMMMMMMMMMMMMMMMM

MMMMMMMMMMMMMMMMMMMMMMMMMMMMMMMMMMMMMMMMMMMMMMMMMMMMMMMMMMMM

MMMMMMMMMMMMMMMMMMMMMMMMMMMMMMMMMMMMMMMMMMMMMMMMMMMMMMMMMMMM

5L/25

abcdef
ijklmn
opqrst
uvwxyz

1975

PAȘȘATEMPO

VOCÊ FAZ A CONEXÃO !

VOCÊ CONSEGUE FAZER UMA ÚNICA LINHA QUE CONSIGA CONECTAR ESTES ITENS COMPLETAMENTE DESCONECTADOS E ESCOLHIDOS COMPLETAMENTE AO ACASO?

PERGUNTA BÔNUS: QUANTOS LADOS TEM UMA PIRÂMIDE? DICA: "PIRÂMIDE", "PENTÁGONO" E "PENTAGRAMA" TÊM O MESMO NÚMERO DE LETRAS... OU QUASE!

00091

ENCONTRE OS FNORDS!

A ESPERTA DEUSA ÉRIS ESCONDEU UM NÚMERO INFINITO DE FNORDS NESTA CENA ALEGRE. VOCÊ CONSEGUE ENCONTRAR TODOS ELES? DIVERSÃO EXTRA: ENCONTRE ESTES ITENS: UMA MAÇÃ DOURADA, ADAM WEISHAUPT, O SENTIDO DA VIDA.

PALHAÇADAS ALFABÉTICAS

REORGANIZE AS LETRAS ABAIXO PARA FORMAR O TERCEIRO TESTAMENTO DA BÍBLIA, REMOVIDO HÁ MUITO TEMPO, QUE EXPLICA TODOS OS MISTÉRIOS DOS DOIS PRIMEIROS!

ABCDEFGH
IJKLM
NOPQR
STUVW
XYZ

DICA: VOCÊ PODE PRECISAR USAR ALGUMAS LETRAS MAIS DE UMA VEZ!

Benção Discordiana Oficial

Cabala Olavo/Ofélia da Igreja de Éris

Esta é a Bênção Discordiana Oficial, que só pode ser aplicada por PAPAS Oficialmente Sancionados da Igreja de Éris. Já que todo mundo é um PAPA Oficialmente Sancionado, aprovado pela Casa dos Apóstolos de Éris, isto significa que você e sua família podem passar horas insignificantes do seu tempo abençoando caoticamente o que vocês quiserem com nossa bênção significante e inspiradora.

Primeiro, foque cuidadosamente no que quer que você esteja abençoando. Tome cuidado, pois há uma linha tênue entre foco cuidadoso e obsessão maníaca; seja breve.

O próximo exercício é fazer com a mão o familiar símbolo do "V", como descrito na página 00033. Então, aponte a mão em questão para o objeto supracitado.

O próximo passo é fazer com sua mão um movimento que grave uma estrela no ar. Conforme você desenha cada lado, recite a palavra correspondente na frase sagrada "Salve Éris! Louvemos A Discórdia!". Isso fará com que o que quer que esteja sendo abençoado, de uma forma ou de outra, direta ou indiretamente, fique associado à Lei dos Cinco.

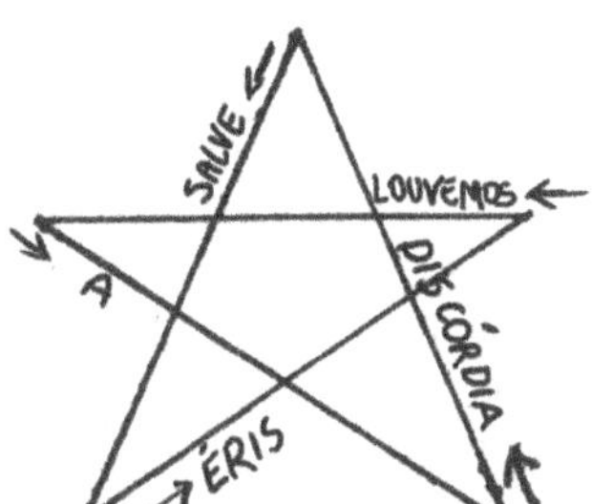

FORTES EVIDÊNCIAS persistem além da persistência dos rumores, levando-nos à conclusão de que NA VERDADE foi o cunhado do Sr. Momomoto quem engoliu o Sr. Momomoto, depois de engolir o seu nariz, no final do verão de 44.

Nós repudiamos por completo qualquer conexão com Otomomom, O Japonês "Poser" Palindrômico, que diz que consegue engolir seu próprio zıran.

Representação feita por testemunha espúria da Deusa Éris após receber a Esnobada Original

1“Pai, por que esta noite é especial?”
2“Porque foi nessa noite que a deusa foi esnobada.”
3“Por que nós comemos cachorro quente nessa noite?”
4“Este foi o conforto de Éris quando confrontada com a Esnobada Original.”
5“Por que nós não comemos pão de cachorro quente?”
6“Este foi o conforto de Éris quando confrontada com a Esnobada Original.”
7“Por que salsichas vêm em embalagens de 12 e pães de cachorro quente em embalagens de 8?”
8 O pai pensou.
9“Salve Éris”, ele disse.

-- Tradicional Questionamento Noturno Tipo Passa-Domina-Chuta do Ancião Pelo Filho Mais Novo, Edição Sexta-Feira à Noite

Texto cortesia de Amon Skiperino-Ra

FESTA DA ABÓBORA

Um feriado dos Sagrados Cavaleiros da Discórdia

A Festa da Abóbora é uma celebração de nada em especial, que ocorre em nenhum momento especial (embora normalmente ocorra quando você consegue uma cacetada de abóboras). A Festa da Abóbora é uma cerimônia simples que pode ser realizada por pelo menos 5 Discordianos e 25 abóboras (25/5=5). Cada abóbora deve ser cortada para comportar pelo menos uma vela. Após preparadas, coloque-as no chão, onde formarão um grande círculo. Quando cair a noite, acenda todas as abóboras e faça uma fogueira no meio do círculo. Quando o fogo estiver queimando e todas as velas estiverem acesas, todos os presentes devem entrar no círculo e entoar: Broba-Bóbura-Broba-Bóbura, ABÓBORA! Isto serve principalmente para assustar os vizinhos.

A cerimônia invoca o CAOS primordial nas redondezas, e causa uma mudança temporária e localizada na realidade física. Infelizmente, seus cérebros humanos irão ignorar esta mudança, e vai parecer que nada aconteceu. Se nada parecer acontecer, então a cerimônia foi um sucesso. Se começar a chover queijo, saiba que você fez merda.

Deixe o Sr. Raio de Sol reinar sobre um mundo totalmente novo!

Seus TOLOS! Vocês irão PAGAR pela sua insulina!

00094

Tempo = Espaço = Larica + Lanchinhos

00095

UM DIA, ENCONTREI UM HOMEM URINANDO EM UM PONTO DE ÔNIBUS. QUANDO O CONFRONTEI A RESPEITO DE SEU ATO, ELE SE VIROU PARA MIM, SEM PARAR, E DISSE:

"TENHA EM MENTE QUE COMO O UNIVERSO É UM FLUXO CONSTANTE, NADA QUE OCORRE EM UM MOMENTO TEM QUALQUER RELEVÂNCIA PARA NADA MAIS. TUDO EM QUE VOCÊ ACREDITA, TUDO QUE VOCÊ SENTE OU PENSA SE BASEIA NA PREMISSA FALSA DE QUE A VERDADE EXISTE. ASSIM, VOCÊ É LIVRE PARA FAZER QUALQUER COISA QUE TE TRAGA PRAZER. O FATO DE A HUMANIDADE SE SENTIR PRESA PELA MORALIDADE É UMA DAS PIADAS MAIS ENGRAÇADAS QUE EU JÁ OUVI."

ENTÃO EU ENCHI ELE DE PORRADA E PEGUEI A CARTEIRA DELE.

PELO AMOR DE DEUS! CONTENHA-SE!

REVELAÇÃO NOTURNA

Uma história mais ou menos verídica,
Por Fred McCann - Sacerdote Chefe,
Cavaleiros Sagrados da Discórdia

A primeira mensagem que eu recebi da Deusa foi em um sonho. O sonho se passava em uma sala cheia de gente que eu nunca tinha visto. Algumas destas pessoas saíram da sala para entrar em outra sala, enquanto o resto da multidão foi proibida de passar. Então eu vi uma placa estranha na parede, com uma foto de uma noz quebrada, e dizendo: AQUILO QUE NOS UNE JUNTOS COMO UMA CASCA DE NOZ CONTA APENAS COMO UM ATO. Quando eu acordei, em me lembrava destas palavras, mas desconhecia seu significado.

Naquele dia, eu perguntei ao sábio Domber o que aquilo significava. Talvez fosse uma mensagem sobre guerra, racismo ou proteínas. Eu perguntei insistentemente até que o sabio Domber se pronunciou. "Ás vezes a Deusa gosta de foder com a sua cabeça". E então nós dois nos tornamos iluminados.

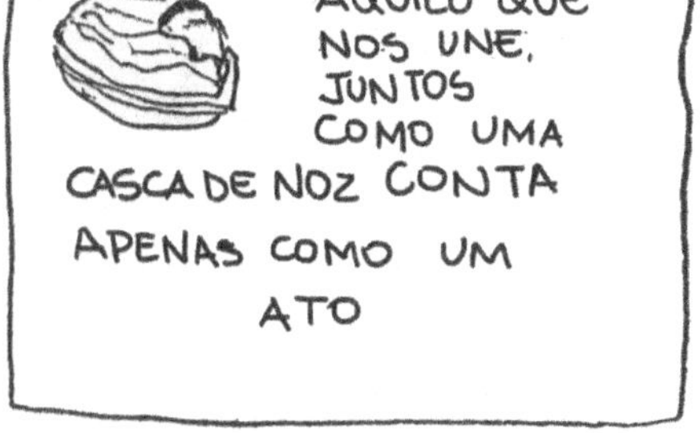

Há uma diferença

Cristão Disléxico vende a alma para o Quiabo

A PARÁBOLA DE RONALD REAGAN

Donald Reagan despertou e descobriu que seus braços foram mastigados por castores selvagens enquanto dormia. "Caramba!", ele pensou enquanto se levantava de seus lençóis encharcados de sangue. "Que bom que esta parábola não é sobre MIM!"

00097

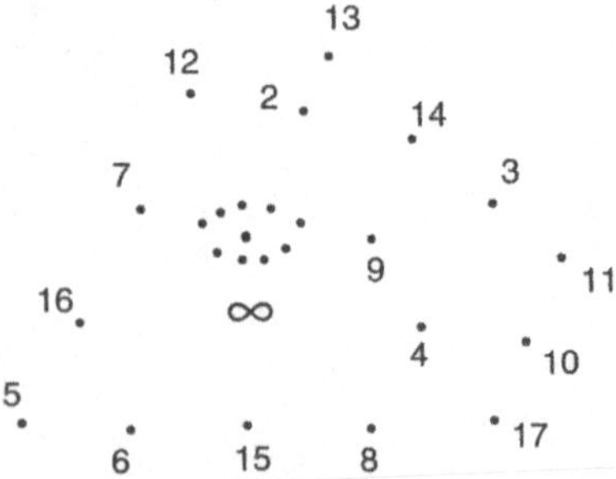

LIGUE OS PONTOS!
Você consegue descobrir o animal africano fofo escondido nesta brincadeira?

DICA: Infinito é maior do que 3

COMO LIGAR PARA FORA

1) Disque 9.
2) Espere pelo bipe. Ponha o fone de volta no gancho.
3) Quando o telefone tocar, atenda.
4) Disque **0800-555-1982**. Escute o som das solenoides da operadora comutando. *Relaxante, não é mesmo?*
5) Quando o telefonista de Xangai atender, aperte os botões na base do telefone.
6) **Não vai acontecer nada.**
7) Vire-se para o Leste, faça o sinal da cruz três vezes enquanto murmura **"jadoo, jadoo, jadoo"**. Então aperte novamente, *com vontade*.
8) Disque o **Código de Satélite** com 22 dígitos.
9) Disque seu **CPF**.
10) Multiplique pela sua idade e divida por 5. Disque o resultado.
11) **Reze com fervor para quaisquer Deuses disponíveis**
12) Se um homem atender, desligue e repita os passos de 1 a 12.
13) Uma voz de mulher perguntará: "**Você é com quem eu estou falando**?". Sua resposta deve ser: "**Você tem uma lata de Sir Walter Raleigh**?".
14) Você será transferito para o "**Gustave**". Não faça perguntas, mas **responda tudo que ele quiser saber**. (Não deixe ele perceber que você está chocado.) Disque o número que ele te der e desligue.
15) Seu telefone vai tocar. Peça para falar com John Lennon. Uma voz irá responder: "**A morsa era Paul**". Sua resposta: **"Paul está morto"**. Você será colocado em espera. Faça o que fizer, mas **pelo amor de Deus, não desligue! Pode ser extremamente perigoso.**
16) Uma voz vazia, sem inflexão, mecânica, irá aparecer na linha e perguntar sua data de nascimento e sua cor favorita. **Não responda com a verdade**. (Ignore os cliques ocasionais e a estática enquanto esta informação é processada.)
17) Você receberá um **Código de Acesso Universal de 10 dígitos**. Anote rápido, porque **ele não será repetido.**
18) Usando seu **Código de Acesso Universal**, disque seu próprio número. Uma voz responderá e pedirá para falar com John Lennon. Responda: **"A morsa era Paul"**. A voz responderá: "Paul está morto". Coloque a linha em espera.
19) Após alguns minutos, imite uma voz vazia, sem inflexão, mecânica, e pergunte data de nascimento e cor favorita. Dê batidas no fone e amasse papel celofane perto dele, imitando alguns segundos de estática. **Recite um número de 10 dígitos e desligue.**
20) Disque 9.

Texto
Anônimo
Música
Anônimo

#235

Infinitas Garrafas de Cerveja no Bar

Repita até a morte.

Hobbies e Atividades de Lazer

para os Discordianos e para os estúpidos

• Escreva uma carta para Oscar Meyer, Ltda., dizendo a eles qual filme tem que ganhar Melhor Filme.

• Vá a uma reunião na sua Prefeitura, e exija ver o líder deles. Quando eles disserem “Mas o Prefeito está sentado logo ali!”, responda “Não, porra! Eu quero ver a FORMIGA GIGANTE que diz pra ele o que fazer!”.

• Faça uma Quadra de Queimado portátil com fita adesiva. Leve-a para o meio de um shopping center próximo e comece a jogar.

• Comece a distribuir cartas correntes pedindo às pessoas que enviem R$2 para cada uma das dez pessoas da lista. Todas as pessoas da lista devem ser diretores de colégios, advogados respeitados, médicos, políticos e jornalistas sindicalizados.

• Cite propagandas de televisão durante entrevistas de emprego, quando for parado por excesso de velocidade, ou quando estiver em um elevador lotado. Pontos bônus: invente os produtos e propagandas que for citar.

• Colecione clichês. Eu coloco os meus em um pote com formaldeído, e depois prendo eles em um quadro. Não esqueça de anotar quando e onde você os capturou.

• Finja ter uma mão extra. Tente pegar objetos com ela. Todo mundo conhece as mãos esquerda e direita; tente dar um nome de uma nova direção para sua mão nova. Pontos bônus: no meio do trânsito pesado, faça uma curva na direção da sua nova mão. Não esqueça de sinalizar.

ORGANOGRAMA DOS ILLUMINATI

Operações do

CLASSIFICADO

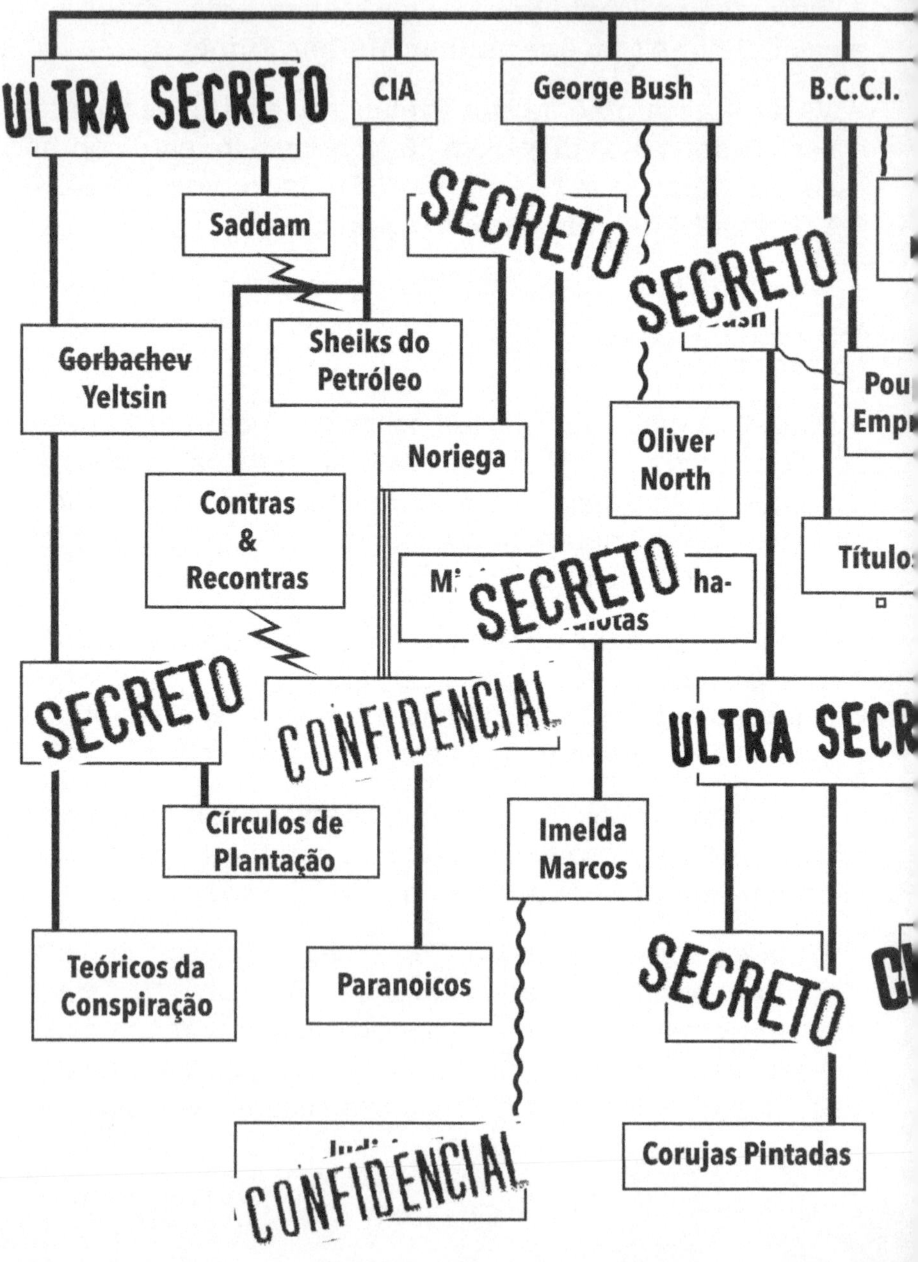

SECRETO
SECRETO
SECRETO
SECRETO
CONFIDENCIAL
CONFIDENCIAL
Suprema corte
erias
duais
INSLAW
Hackers do Mal
ça e
imos
ULTRA SECRETO
SECRETO
Realidade Virtual
SECRETO
ko
Conta Corrente da Câmara dos Deputados
Companhias telefônicas
Números 0900
Manifestantes contra Impostos
Versão Condensada
SSIFICADO
CONFIDENCIAL
TUDO
Fraldas Descartáveis

Alta Missa Sagrada Erisiana da Kabala Kreme Krokante

Elaborada pelo Reverendo DM Psiqosys

MANIFESTE-SE que esta Missa contém segredos místicos de uma ordem previamente desconhecida para este pedaço de papel.

MANIFESTE-SE que esta Missa é da Mais Elevada Ordem, do Círculo Interno e do Escalão Superior, e assim deve ser reproduzida por completo ou em parte somente por aqueles que assim desejarem.

MANIFESTE-SE que esta Missa pode ser realizada por cinco pessoas, desde que estas cinco pessoas estejam dispostas a realiza-la. Refere-se aos cinco ritualistas oficiantes pelos seguintes títulos: Alto Chefe Sagrado da Religião, Grande Supervisor dos Arcanos Proibidos, Matriarca/Patriarca Onipotente dos Reinos Místicos, Diviníssimo Mago Empírico Pedagógico, e Enchilada Mestra das Miscelâneas. Coletivamente, os cinco ritualistas oficiantes só são superáveis em poder pela Própria Deusa, ou por quaisquer membros da congregação presentes na Missa. Para economizar espaço, os ritualistas oficiantes serão mencionados daqui em diante apenas como nº1, nº2, etc.

ATO I: O Sacramento Climático da Comunhão Extática

(Todos os membros da congregação reúnem-se ao redor do altar e recebem comunhão de suco de laranja, servido pelo nº2, e donuts (de preferência de geléia), servidos pelo nº3. Conforme cada congregante recebe sua porção das Hóstias, eles devem colocar suas mentes em um estado meditativo, pensando pensamentos impuros sobre a Deusa, ou sobre outro membro da congregação.)

Nº5: E disse a Deusa: "E quando vós, meus filhos, houverdes vagado pela noite, aviltados pela fome, vereis o sinal sagrado da loja de donuts, onde consumireis donuts em meu nome".

Nº4: "E não temereis os meganhas e pinguços que abundam nesses estabelecimentos no meio da noite, pois eles também buscam minha glória, embora não a encontrem somente nos ritos de comer donuts."

Nº1: "Mas vós, meus filhos, contemplastes os mistérios da Maçã Dourada, e bebestes dos agradáveis xaropes que fluem de dentro dela."

Nº5: "Pois os não iniciados não compreenderão o sentido completo de ΚΑΛΛΙΣΤΙ, pois eles não sabem Grego!"

Nº4: "E se vós, meus filhos, entendem Grego, lembrem de usar alguma (aham) proteção!"

(Oficiantes podem improvisar um pouco, ou apenas permanecer em silêncio, dependendo do nível da multidão, até que todos tenham comungado.)

ATO II: A Invocação e Súplica Sicofanta da Deusa

Nº1: Estamos reunidos aqui hoje sob os olhos da Deusa para que possamos realizar a Alta Missa Sagrada de Éris.

Nº2: Salve Éris, Cheia de Graça!

Nº3: Santa Rainha do Espaço Sideral!

Nº4: Senhora Comandante Deste Lugar!

Nº4: Salve Éris, Cheia de Graça!

Nº5: Salve Éris, Senhora do Caos!

Nº3: Salve Éris!

Todos: Louvemos a Discórdia!

ATO III: A Litania Sagrada

Todos: Em verdade eu vos digo, meu cão não tem focinho!

Nº2: Sem focinho? Como ele cheira?!?

Todos: Mal, muito mal!

Nº1: MANIFESTE-SE que Cão ao contrário é oãC!

Nº4: MANIFESTE-SE que Vaca ao contrário é acaV!

Nº3: MANIFESTE-SE que Pterodátilo ao contrário é difícil de falar!

Todos: E isto é verdade, verdade verdadeira!

ATO IV: A Benevolente Adoração e a Genuflexão Implicada

Nº5: E disse a Deusa: "Acabei de pousar, vim do Nirvana".

Nº2: Cara, que avião barulhento!

Nº4: E o servo da Deusa buscou conhecê-La, e logo encontrou bênção inefável.

Nº1: Cara, e ele cansou os braços!

Nº3: Que comece o barulho simulado de multidão!

Todos: Melancia cantalupo melancia cantalupo (etc. etc.)

ATO V: A Bendição Malévola e o Vomitar das Leis Sagradas

Nº2: (gritando por cima do barulho simulado de multidão): E quando a Deusa ouviu as multidões se inquietando, Ela percebeu que lhes faltava direção.

Nº3: E direção Ela lhes deu! A Deusa se ergueu sobre as hordas confusas, e os deu vinte e três mandamentos!

(Nº3 levanta as mãos dramaticamente, e o barulho simulado de multidão para imediatamente.)

Nº1: Tu deverás ter outras Deusas antes da hora do jantar!

Todos: Ou não!

Nº4: Tu deverás adorar ídolos de adoração!

Todos: Ou não!

Nº5: Deverás usar o nome do Senhor em vão!

Todos: E senão o que, PELO AMOR DE DEUS?

Nº3: Deverás beber cerveja e ouvir álbuns velhos do Black Sabbath!

Todos: Ou não!

Nº2: Se participar da corrida de três pernas na próxima reunião familiar, se esforce pela Menção Honrosa!

Todos: Ou não!

Nºs 1 a 5, simultaneamente: MATA! ASSASSINA! MUTILA! DESTRÓI! (5 vezes)

Todos: Fala sério!

Nº4: Desculpe, religião errada. Não cometerás adultices!

Todos: Por favoooooor?!?

Nº2: Bem, pode ser, se você comer todas as suas ervilhas. Não deverás sair por aí roubando as pessoas na cara de pau sem um motivo específico.

Todos: Acho que não!

Nº3: Concordo. Não deverás assistir Cidade Alerta na esperança de ver seu vizinho.

Todos: De acordo!

Nº1: Não deverás, sob quaisquer circunstâncias, ler esta frase em voz alta.

Todos: Blasfemador! Blasfemador! Blasfemador!

Nº5: E se você gostou destes mandamentos e quer receber mais, mande 0800-666-3747 para a caixa de correio, não se aplica a donos de VISA e Mastercard. Inclua $23,93 para o envio, pagamento no recebimento será anulado com seu brinde.

Todos: Obrigado a todos, e tenham um bom dia!

PROCURAÇÃO DE PALHAÇO

Eu, ____________, residente à ____________, Cidade de ____________, Estado de ____________, por meio desta indico ____________, residente à ____________, ____________, Cidade de ____________, Estado de ____________, meu verdadeiro e leal PALHAÇO EM EXERCÍCIO para mim e em meu nome, lugar e proveito, e para meu uso e benefício, para negociar e entrar em qualquer bizarrice e esquisitice em qualquer lugar e a qualquer momento, com as pessoas e condições que ele eleja a seu critério; desde que antes que ele exerça quaisquer destes poderes, ele obtenha minha aprovação prévia para seu exercício através de conversa telefônica entre ele e eu.

Caso desta conversa telefônica, na qual posso ceder minha permissão para a realização de comportamentos estranhos em meu lugar, mostre-se muito difícil, custosa, inoportuna ou inconveniente de outra maneira para ser concluída, eu por meio desta permito ao meu PALHAÇO EM EXERCÍCIO, a seu próprio critério, o direito de se abster da cláusula da ligação telefônica. Ademais, cedo ao meu PALHAÇO EM EXERCÍCIO plenos poderes e autoridade para realizar todos os atos (Naturais e/ou Antinaturais) necessários e adequados ou inadequados para o exercício dos poderes supracitados, o tanto quanto eu poderia ou deveria realizar se estivesse presente em pessoa.

Esta PROCURAÇÃO DE PALHAÇO passam a valer no dia ____________ e se encerram no dia ____________ ou quando eu voltar para a cidade, o que ocorrer primeiro.

Assinado ____________ Escrivão ____________

Data ____________ Data ____________

Validade ____________

PARA ONDE QUER QUE OLHEMOS

"SEJA LEGAL COM AS OUTRAS PESSOAS: ELAS ESTÃO EM MAIORIA, 5,5 BILHÕES CONTRA 1"
--DRU'EL O CAÓTICO

Para onde quer que olhemos, estrelas e galáxias afastam-se de nós a grandes velocidades. A teoria atual atribui isso à expansão do universo. Também é possível que elas só queiram sair de perto de nós...

00105

Um Papa tem um Canhão de Água.	É um Canhão de Água.
Ele dispara Água Benta dele.	É um Canhão de Água Benta.
Ele o Abençoa.	É um Canhão Sagrado de Água Benta.
Ele o Abençoa pra Cacete.	É um Canhão Sagrado pra Cacete de Água Benta.
Ele coloca um piercing nele	É um Canhão Furado Sagrado pra Cacete de Água Benta.
Batman e Robin chegam.	Ele atira neles.

Kit de Iluminação Instantânea do Rev. Shig

(Basta Adicionar Olho)

POP

POP

POP

POP

PROTEJA
O
POVO!

Instruções

1. Corte nas linhas pontilhadas. Cuidado para não cortar as linhas cheias, e tente não danificar o livro. Como você vai fazer isso irá contar significativamente em sua avaliação.

2. Segure a página na frente do seu rosto – novamente, sem danificar o livro – e olhe para as pessoas através do buraco. (Estudantes sérios podem olhar com suas glândulas pineais.)

3. Sente em um canto de frente para a parede por meia hora e contemple suas ações.

Somente para fins de entretenimento. Iluminação não é garantida, mas o abestalhamento é. Também pode ser usado para despistar funcionários públicos ou espantar teóricos da conspiração.

Um Discordiano é qualquer um disposto a olhar para os moinhos e concordar que eles podem ser gigantes.

— **Templo Sagrado dos Sãos Joãos**

00106

NÃO QUERO OUVIR
NÃO QUERO OUVIR

Use o seu Cérebro!

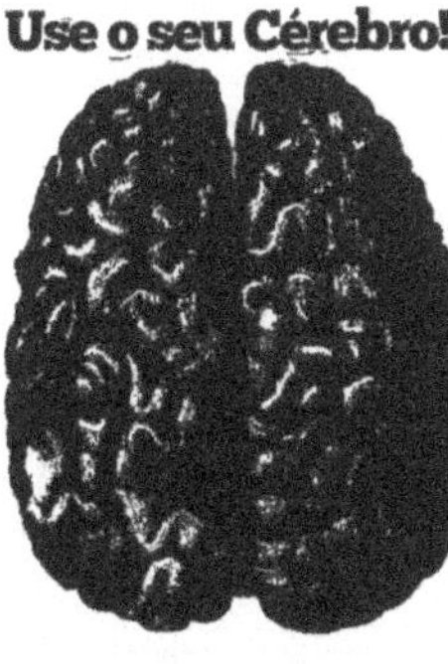

Iluminação.gif

Primeira Edição ODD#∞

BRASILIA DISCORDIA

ou

O mistério do bambu

SALVE ÉRIS! καλλιχτι *LOUVEMOS A DISCÓRDIA!*

Dedicado à Mais Bela

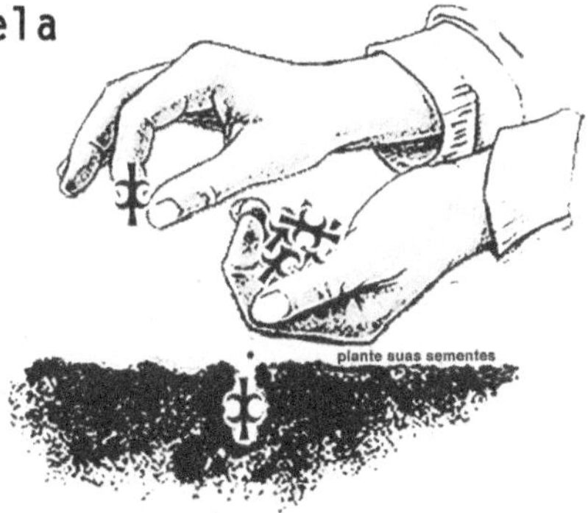

Publicado pela Cabala do Tamanduá Bandeira

Em nome da deusa, ofereço ao leitor um pequeno resumo de nossa religião, que já foi tratada como mitologia pelos pagãos, em ordem alfabética (de acordo com o alfabeto etrusco, é evidente). Eis em que acreditamos (ou acreditávamos até pelo menos uma hora atrás).

Joshua, the Gentle. Compilador da Verdade - Esotérico

Graias: Três irmãs que possuíam um único olho, que revezavam entre si, e com o qual viam o mundo. Um dia, Arquimedes, marido de Eureka, visitou-as e resolver meter o bedelho onde não tinha sido chamado. O sujeito era matemático e convenceu as Graias de que, sendo elas um trio e tendo um único olho, cada uma tinha direito a 1/3 de olho. As sonsas caíram na conversa do enxerido e dividiram o olho em três partes iguais, inutilizando-o e ficando cegas para sempre.

Ciclopes: Seres mitológicos que tinham apenas um olho. Somente um ciclope caolho consegue produzir o som de apenas uma mão batendo palmas.

Cagamenon: Tirano grego, filho de Diarréia com Cólicas. Foi ele quem assinou a Lei do Ventre Livre, proibindo a prisão de ventre perpétua e liberando os gases resultantes da ambrosia e do néctar ingeridos no último banquete do Olimpo. Casou-se com Disenteria, com quem teve Caganeira.

O Sujo: Casa noturna rival do Olimpo, que foi interditada por fiscais, por problemas de higiene.

Prometeu: Conjugação do verbo prometer. Eu prometi, tu prometeste, ele prometeu. Exemplo: Prometeu sem camisinha, agora vai ter que casar!

Falópio: Famoso trompetista grego.

Pelénope: Deusa grega (Henelice, para os romanos), filha de Analfa com Disléxico. Toda apatralhada, Pelénope tinha uma enorme dificuldade em pronunciar algumas palavras, sempre trocando as letras: sastifeito, rupreste, estrupo, madastra, plobrema, tretacampeão, fraglante, curviníleo, obstreta, etc. Ela era o terror dos revisores. Casou-se com Melenau, que um dia reclamou da deficiência da deusa: "Pô, Pelénope, parece que você não tem cérebro!". Irritada, a deusa deu um pulinho no Hade's e comprou um cão dos infernos, irritando ainda mais seu marido: "Pô, Pelénope, eu falei cérebro, não Cérbero..."

Hermafrodito: Deus grego assumido, conhecido entre os romanos como Meninão. Como o próprio nome já diz, Hermafrodito era filho de outros dois deuses: Hermafrodo e Dite. Como era uma junção do masculino com o feminino, tinha imensas dificuldades para urinar, pois parte sua queria ficar em pé e parte queria sentar na privada.

Baco: Um dos filhos da Deusa, irmão de Balaco. Gêmeos arruaceiros, daí o famoso aviso: "Xi, lá vêm Balaco e Baco!" (Ziri e Guidum, para os romanos).

Teseu: Conjugação do verbo teser. Eu tesi, tu teseste, ele teseu, ela é um tesão. Ela, no caso, é Afro Dite.

Perseu: Conjugação do verbo perser. Eu persi, tu perseste, ele perseu. Exemplo: Eu persi o meu carpaccio no último Ditirambo de Salvador, mas minha mãe ainda não sabe. Ela pensa que eu ainda sou vestal.

Pã: Deusa grega, mulher de Pão e irmã de Broa (Que todos os dias tinha que escutar o trocadilho:"Você tá broa, nêga?).

Caribde: Grupo de ilhas situadas na Améribca Central, dentre as quais se destacam a Jamaibca e o Haibti.

Metéia: Deusa grega (Libertina, para os romanos, Vagaba, para a vizinhança, e Santinha, para o maridão). Segundo as boas línguas, Metéia tinha rosto de vaca, corpo de gata, bunda de tanajura, jeito de galinha e fama de piranha. Nem queiram saber o que diziam as más línguas...

Pitéu: Deusa gostosinha, que dava pra Dedéu.

Dedéu: Deus grego que era metido a garanhão.

Isses: Irmão de Aquiles. Foi mergulhado no rio Estige por sua mãe, Tétis, a fim de virar imortal, mas foi suspenso pelo nariz, tornando esta parte vulnerável e vindo a morrer de uma forte gripe.

Istes: Irmão de Aquiles. Foi mergulhado no rio Estige por sua mãe, Tétis, a fim de virar imortal, mas foi suspenso pela orelha direita, tornando esta parte vulnerável e vindo a morrer de uma picada de cobra, bem no seu lóbulo direito. Seu último pensamento em vida foi: "Pôxa, a mamãe não podia ter nos segurado pelo cabelo?".

McTub: O sanduíche místico preferido do Paulo Coelho.

Vulcano: Deus romano (Hefaístos, para os gregos, Spock, para os trekkers, e Zoreia, para os íntimos). Vulcano não tinha emoções, por isso era incapaz de chorar. Ainda assim, há gente que jura tê-lo visto debulhado em lágrimas em sessões de "Titanic" e "Olga".

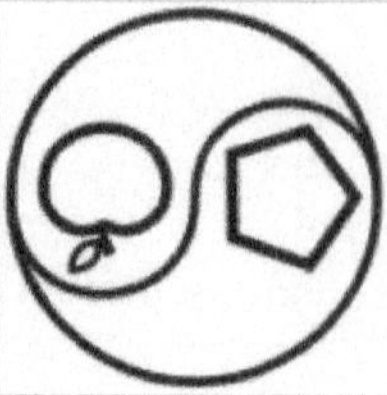

Elvis Presley e Anton Szandor LaVey são vistos em Madureira

Os dois bebiam cerveja e discutiam sobre abrir uma nova Igreja Satânica, na qual Elvis seria o Pastor principal. As testemunhas juram que as duas figuras desapareceram subitamente junto com o bar. Uma cratera marca o local.

AÍ ELA DISSE
É VOCÊ QUE TÁ
COMPLICANDO.
O QUE?
TUDO. RESPIRA.
MAS TEM QUE
TER UM SENTIDO
POR QUE?

Tá na hora de descoisar as coisas que estão coisadas

Tente não ser cuzão
Buda

Nada é mais falso que a verdade estabelecida
Millôr

Mantenha a cabeça fria se quiser idéias frescas - **Barão de Itararé**

Qual é? Qual foi? Por que que tu tá nessa?
Tiririca

Se não puder convence-los, confunda-os.

Toda coerência é no mínimo suspeita
Nelson Rodrigues

O movimento Erisiano é sexy.

OU NÃO.
Caetano veloso

00112

PEIDO-NO-IÊ

Há uma campanha de opinião pública em escala global, que vem desde a década de 60, para fazer a população em geral acreditar que o Discordianismo é uma religião sem hierarquia, em que todos podem ser PAPAS. Mas são mentiras, nada além de mentiras!

Na verdade, a Sociedade Discordiana é composta de

CÍRCULOS DENTRO DE CÍRCULOS!!!

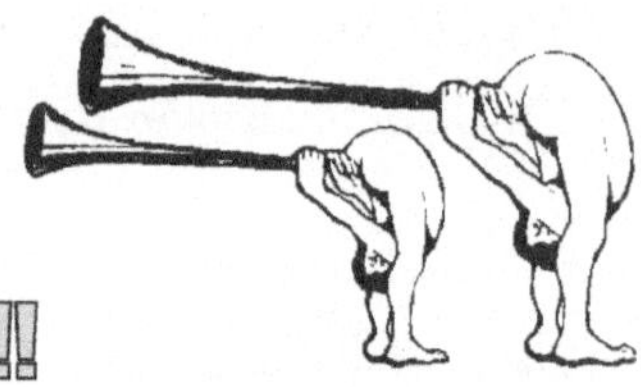

Qualquer um que decida exercer sua posição de PAPA não passa automaticamente a exercer poder real sobre a sociedade e a realidade consensual. O poder de verdade está em círculos internos dentro da Sociedade Discordiana. O círculo mais temido é o terrível Peido-No-Iê – uma seita altamente anerística que visa o controle e a dominação mundial.

FODA-SE

Os membros do tenebroso Peido-No-Iê controlam a realidade usando o Gás Sagrado como fonte de energia. O Gás é usado como uma droga para realizar lavagem cerebral em vítimas inocentes. Por isso o povo do campo, que vive ao ar livre, não é tão facilmente manipulável. As pessoas da cidade – principalmente trabalhadores de escritório, que andam muito de elevador – são particularmente sugestionáveis.

Quando alguém peidar no elevador, saiba que é um agente do Peido-No-Iê querendo transformar você em um escravo zumbi. Prenda rapidamente a respiração, improvise uma máscara com sua camisa, faça contato visual com o terrorista, e faça a Dança da Galinha. Mostre para ele que você conhece a conspiração e que você não tem medo.

Mas, se não pode vencê-los, junte-se a eles, é o que diz o ditado. Se você cansou de lutar contra e deseja ingressar no Peido-No-Iê, é necessário passar por um processo de iniciação. Durante cinco dias, sua dieta deve consistir exclusivamente de batatas, ovos cozidos e repolho . Esta dieta é originária da região da Baviera, tendo sido criada pelo próprio Adam Weishaupt. Durante este rigoroso período de preparação, você não deve sequer pensar em emitir qualquer emanação do Gás Sagrado. Contenção é tudo.

Concluída esta rigorosa etapa, você estará apto a usar toda a sua concentração em um único esforço sublime. Vá a um lugar público – um shopping center é ideal. Com seu instrumento de sopro favorito, use o Gás Sagrado, em uma única exalação, para tocar uma ópera de Wagner à sua escolha. Estatísticas mostram que Götterdämmerung é a escolha mais comum dos Iniciados, mas fique à vontade para escolher. Não escolha a ópera mais fácil – neste momento, você quer impressionar os figurões do Peido-No-Iê

Depois de fugir dos seus novos fãs, siga para a agência mais próxima do Western Union e aguarde instruções. Enquanto espera, acompanhe o noticiário local pelo celular.

Ao contrário do que indicam os rumores, a lógica e o bom senso, O Sr. Momomoto na verdade fugiu para

O BRASIL

no verão de 44. Ele abriu uma pastelaria em São Thomé das Letras e hoje é o Sr. Momomoto Jr. quem cuida dos negócios familiares de engolimento de nariz.

MANIFESTO DA SOCIEDADE FNORDIANA DISCORDIANA

- ENTRE OUTRAS COISAS -

1. SOBRE A SOCIEDADE (MANIFESTO)

a) Da Sociedade

A Sociedade Fnordiana Discordiana, fundada em 1589, na Grécia, foi um movimento regido pelos mais altos escalões panteônicos dos pensadores da época. Sua formação visava criar uma nova concepção de visão da realidade Universal. Depois da primeira loja, membros das mais variáveis esferas adeririam ao movimento e fundiram-se com a Sociedade Discordiana já predominante.

Hoje estima-se que existam lojas oficiais em cerca de 18 países e mais 1000 membros. A Sociedade Fnordiana Discordiana não tem fins lucrativos e aplaude causas filantrópicas, desde que caracterizado por uma entidade extraterrena.

b) Das funções da Sociedade

Entre as principais funções da Sociedade está criar um ambiente de aleatoriedade, dando um estímulo cerebral aos espectadores e levando-os a questionar a real validade da realidade.

A Sociedade Fnordiana Discordiana conta com o apoio das esferas Fnordianas da Alemanha para que a Operação Mindfuck seja propulsada em plena luz do dia. A noite limita a visão em 14%.

c) Dos membros da Sociedade

Os membros da Sociedade entram por vontade própria desde que estejam cientes de suas missões como libertadores de mentes. A Sociedade Fnordiana Discordiana não aceita nenhum tipo de falsidade ideológica, a não ser que esta seja justificada. O postulante precisa da assinatura de um agente de Sirius para validar sua solicitação.

Os membros possuem graus de =PAPA= e quando não quiserem mais exercer a função de =PAPA= devem devolver o pônei azul para o grande sacerdote da loja F. Depois da devolução, o ex-membros caem na matrix novamente e se esquecem de tudo que fizeram pela (des)ordem.

d) De como entrar em contato com a S.F.D.

É fácil entrar em contato com a S.F.D. Basta escrever uma carta com cinco linhas, solicitando um contato, e então queima-la na porta da casa. Jogue as cinzas em um rio virgem e então espere o contato entrar em contato com você.

Ou então, entre em contato com algum Timóteo Pinto que faça parte da seita. Mande seu e-mail para a puta que o pariu e faça parte desse delírio coletivo você também!

Seja um Timóteo Pinto você também.

Não tá fácil para ninguém. Lula apela a forças superiores

"O Ex-Presidente Lula cria projeto de união entre a O.T.O., A.'.A.'., PT e a CUT, para a formação de um Partido Ocultista Trabalhista."

Os Terríveis Segredos da

NECROPANIFICAÇÃO

O Quarto Mandamento do Discordianismo nos diz que não devemos desfrutar de pães de cachorro quente, sob o pretexto de ser este o consolo da Deusa quando deparada com a Esnobada Original. Esta história é verdadeira. Mas existe outro motivo para pães de cachorro quente serem vistos como tabu.

A maioria dos pães de cachorro quente é industrializada e contém altos índices de conservantes. É o pão que mais demora para estragar – mais até do que o pão de forma. A tortilha demora um pouco mais, mas tecnicamente não é um pão. Além disso, a textura do pão de cachorro quente é igualmente esquisita, desde a hora que sai do forno até meses depois de vencido. Resumindo, quando acontecer o apocalipse zumbi, leve pães de cachorro quente com você – eles não estragam nunca e estão sempre fofinhos. No máximo você vai ter que tirar uns pedaços esverdeados antes de comer. E quebrar um dos Mandamentos.

É natural que pães endureçam, estraguem, petrifiquem. Os Magos ao longo da história desenvolveram os métodos mais malucos de falar com os mortos, criando a ciência da Necromancia. Cabe a nós, membros da Sociedade Discordiana, subverter as regras da sociedade caracinza. E por isso inventamos e aprimoramos a NECROPANIFICAÇÃO – a arte de trazer pães de volta ao mundo dos vivos, contrariando o fluxo ordeiro e normal das coisas. Os Necropanificadores mais competentes são capazes de pegar um pão duro e mofado e deixa-lo mais delicioso do que no dia em que foi assado.

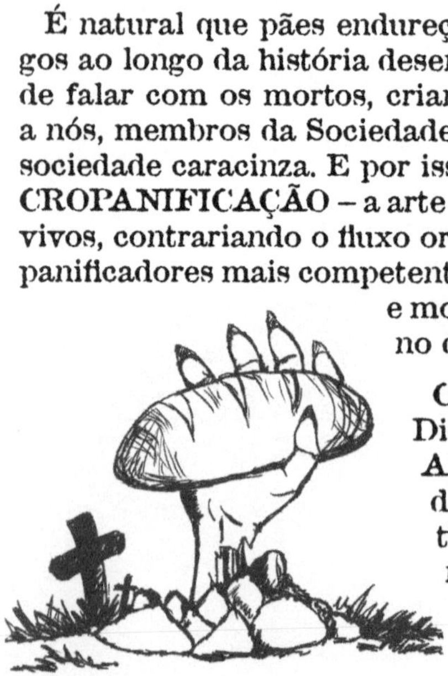

Círculos inteiros dentro da Sociedade Discordiana são devotados a esta arte. A lendária Casa do Esquadro Dourado dos Padeiros Madeireiros de Constantinopla, por exemplo, se especializa na Necropanificação de Brioches. Os Antigos e Verdadeiros Padeiros

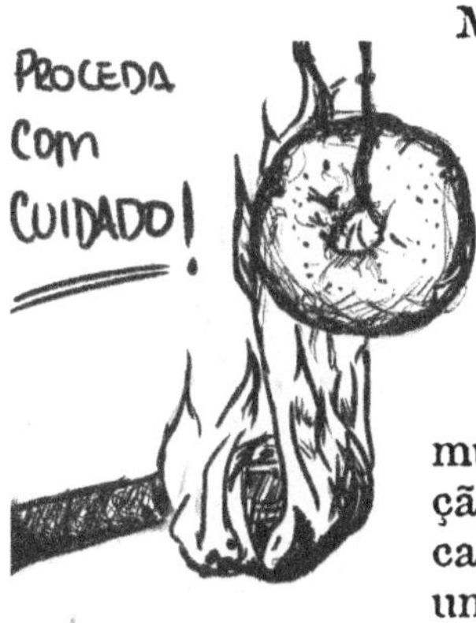

Maneiros de Antióquia desenvolveram uma avançada técnica de Necropanificação de Pães de Queijo.

Mas você não precisa ser membro de nenhuma destas seitas altamente secretas para praticar a Necropanificação. É claro que você não vai dominar todas as técnicas logo no começo, e vai estragar muitos pães estragados até atingir a perfeição. Mas com afinco, é certo que criará técnicas altamente inovadoras, podendo se tornar um Mestre Necropanificador.

Para iniciar a Grande Obra da Necropanificação, é importante morar sozinho por algum tempo. É a melhor forma de conseguir matéria prima para suas experiências sem ninguém enchendo o seu saco ou jogando fora os pães velhos enquanto você dorme. Se não for possível, é recomendado instalar um cofre na cozinha para manter seus pães livres de caracinzas intrometidos.

Você vai precisar, no mínimo, de uma sanduicheira (ou uma dessas churrasqueiras elétricas), um forno de micro-ondas, uma torradeira, um galão de goma arábica, um saco de amendoins e um animal familiar (todo Necropanificador precisa de um companheiro no meio da solidão).

Atingir a maestria na Necropanificação pode levar anos. Mas quando você conseguir, não haverá mais fome que lhe aflija. Isto facilitará sua saída da Matrix. E quando este dia chegar, um grupo de Padeiros irá entrar em contato com você. Mesmo vivendo em solidão e confinamento, não esqueça de olhar sua caixa de correio de tempos em tempos.

Dois conselhos finais. Primeiramente, todo cuidado é pouco ao trabalhar com rosquinhas. A Necropanificação faz uso de fogo e calor em várias manifestações, e roscas queimadas podem ter consequências imprevisíveis. Por último, nunca – **NUNCA** – tente ressuscitar um pão de cachorro quente petrificado. As repercussões podem atingir uma escala cósmica.

σωτηρία μέσω ζωειρα

A zoeira é a dádiva da Deusa ao nosso povo. Trouxe na mala quando veio para o Brasil abrir uma rede de puteiros (vide página 00055). Os Illuminati da Baviera começaram sua campanha maligna na Europa no século XIX, e Éris não estava lá para dar um jeito nessa palhaçada. E veja como são os europeus hoje em dia. Cadê a zoeira na europa? Cadê?

Não é à toa que o Brasil é o país da piada pronta. Coisas ridículas acontecem em todos os países, mas nós temos a capacidade de zoar da nossa própria desgraça. O mundo pegando fogo, e o brasileiro não para de exercitar a zoeira. No dia a dia, vemos o tio do pavê, o cara que perde o amigo mas não perde a piada, a troca de insultos amistosa por causa do futebol... E isso vai escalando até níveis federais. Mundiais. Transplutonianos.

Vivemos uma situação de merda, mas a zueira faz com que sigamos em frente, dia após dia. Mas não confunda zueira com conformismo – isso conduz a situações ainda mais cagadas. Aproveite o dom que a Deusa nos deu. Evite ver o mundo de forma caracinza. Evite fingir que não há problemas ao seu redor. Não deixe seus dias serem chatos e sem graça. Resolva isso pela zueira. Zoe sempre. Mas não pare por aí.

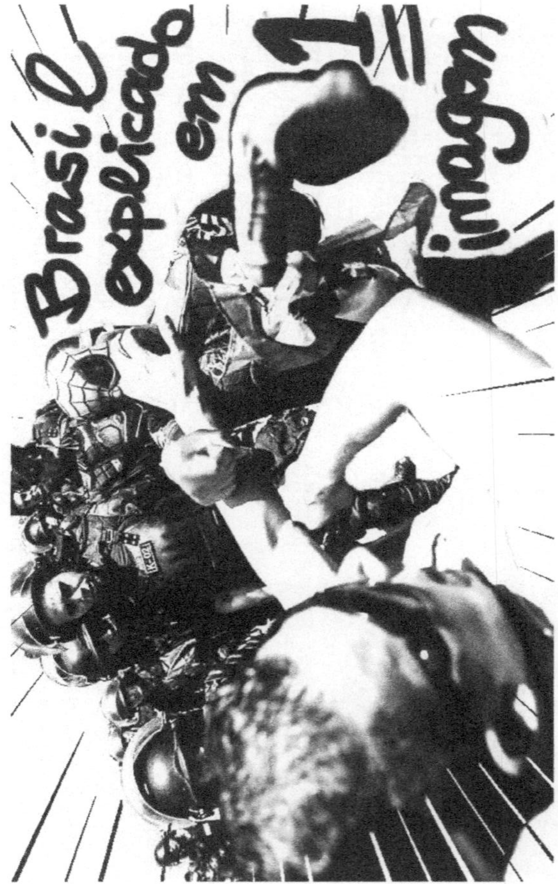

DISCORDIANOS LEIGOS E SUAS OBRAS

Obra Sagrada de célebre Discordiano leigo

Hoje em dia muitos discordianos vivem tranquilamente (quase) com sua religião devotada à Deusa. São artistas, cientistas, loucos entre outros. Porém, muitos são iluminados pela Deusa e não sabem. Estes são chamados discordianos leigos.

A discordiana leiga mais famosa dos tempos modernos é a Narcisa. Sua conduta é extremamente erística e sua mente confusa, espelhando O CAOS, faz dela uma iluminada.

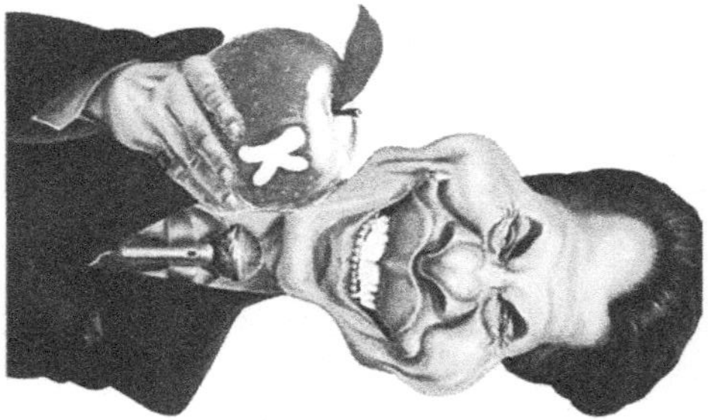

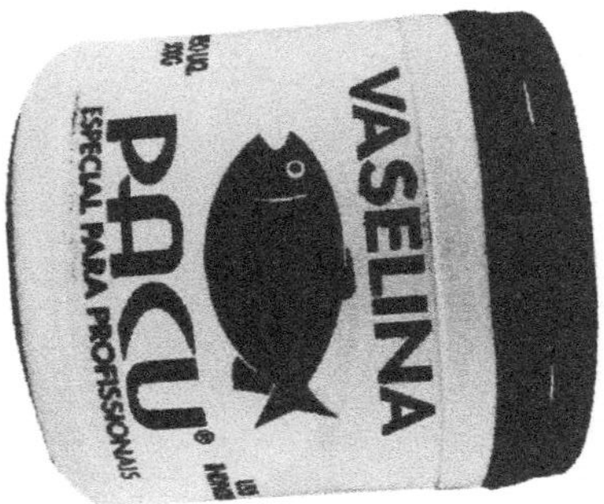

A Grande Evocação do FNORD Final

Coletivo Khultos Kaotika

Frater Obcenius levanta suas mãos e com gestos suntuosos se dirige para os outros membros da sua digníssima Ordem:

- Irmãos! Estamos aqui hoje... er... digo... desculpe... errei de repertório.

Os outros 23 membros (número auspicioso) da Ordem Æterna Esculápio (não é esculacho) da Kaballa do OrangoTango Roxo Dançante entreolham-se meio desconfiados, pensando, será que o digníssimo e iluminado Frater Obcenius já havia entornado o goró no boteco da esquina?

- Bem, retornando, estamos aqui no nosso grande Templo para uma operação Mágicka de suma importância!
- Oh! – Todos respondem em uníssono.
- Eu, Frater Obcenius, Grande Magister Magistralis Magisticus Magus, realizarei em conjunto com vocês, caros Fraters, esta fantástica operação!

Todos os 23 Iniciados estavam posicionados à volta do grande e suntuoso Templo, claro, nada que restos de cenário de seriados Trash de TV e programas de auditório infantis não pudessem resolver.
Um grande círculo desenhado com tinta de diversas cores e sigilos multicoloridos estavam traçados no chão, que somados à tinta fosforescente, ajudava a dar um clima altamente psicodélico ao Templo.
Cada um dos Magistas usavam uma túnica de cor e modelos diferentes, era um carnaval só! Claro, tudo dentro dos princípios da Ordem!
Frater Obcenius observa cada um dos presentes à volta do grande circulo e diz:

- Hoje, nesta noite, a Grande Evocação do FNORD Final!!
- Ai caralho! - grita um dos membros.
- O que foi Frater Ornitorrincus?!
- O FNORD Final?!! Tás louco Frater Obcenius??!! Queres foder com a porra toda de vez??!!

Uma nota importante, Frater Ornitorrincus era famoso por sua boca suja e gestos escandalosos. Imagine um traveco bêbado dando chilique porque seu implante de silicone ficou uma merda, imaginou? Pronto, é ele.

- Meu caro Frater, não é aconselhável se dirigir ao Grande e Honorável Mestre Magister desta forma, isso não condiz com o comportamento de um Iniciado nem para consigo nem para com seu superior na Ordem.

Quem tinha acabado de falar era Frater Agillissimus Puxassakius, famoso por sua habilidade de babar ovo de qualquer um que lhe fosse superior, geralmente para ganhar umas cervejinhas grátis ou coisa parecida.

- Ah, foda-se! Falo como quiser com quem eu quiser! E você vai também pra Put....
- Calem-se! Oxê! Vamos começar com nossa importante operação Mágicka, não podemos nos perder em discussões mundanas, deixem isso pro boteco quando acabarmos.
- Agora, comecemos com nosso Ritual.... Frater Binarius 1001001110, coloque o incenso no.....
-Er... querido Mestre.
- O que foi, Binarius?
- Acabou o incenso.
- O que?!
- É... acabou, o Frater Canhamus tinha usado o restante para um ritual de comunicação com os Elementais da Santa Erva.
- Oh droga... bem, então faremos sem o incenso mesmo... continuemos!
- Er... mas não é só isso que acabou não...

É nesses momentos que Obcenius se lamentava de ter criado uma Ordem e não uma Padaria, daria menos problemas.

- O que mais acabou, Frater Binarius?
- É... além do incenso, os utensílios mágickos, que o Frater Nintendius usou pro churrasco de sábado passado... e o....

- Puta que pariu!
- Viu, viu, viu?! Não é só eu que xingo nesse caralho dessa porra de Ordem não!

Obcenius coloca a mão no rosto tentando recobrar o pouco de paciência que ainda lhe restava.

- Será... que podemos continuar?
- Sim!!!

Todos os 23 membros responderam, membros que não vão aparecer todos porque não vai caber nessa porra de história.

- Ok... continuando, vamos realizar a Evocação do FNORD Final, com o intento de criar um Nexion de Realidade Alternativa neste Plano!
-Er... Frater?
- O que é Digníssimo Frater Arcanus Antidiluvius Mumius?
- Tu tinha dito o que meu fio? Não ouvi nada!

Este era o membro mais velho da Ordem, tinha 97 anos, era meio completamente surdo, meio completamente cegueta e meio completamente desdentado. Geralmente encontrava sua dentadura na Taça das Provações, que ficava no Altar principal do Templo.

- Repete pra mim, vai, que assim não vai dar pra mim ouvir não!

Obcenius estava decidido, fecharia a Ordem e abriria uma Igreja Evangélica, seria mais fácil cuidar......e mais lucrativo!

- NÓS ESTAMOS AQUI PARA REALIZAR!!!!!...
- Vixe Maria home! Precisa gritar assim não. Ninguém aqui é surdo!

A espuma já saia da boca do Magister Magus Enfurecidius, já pensava em usar um elemento de última hora no Ritual, o sacrifício!

- Podemos... continuar... por favor?

Ninguém se atreveu a responder nada, só acenaram com a cabeça sob seus mantos coloridos.

- Ótimo, então....

De repente uma campainha toca na entrada do Templo de refugo de cenário de TV.

- Mas que merda é agora? Alguém pode por favor ver o que é?!

Um dos membros sai do circulo e corre para atender a porta, membro este que ficará incógnito por que o autor da historia está cansado de inventar nomes.
A porta do Templo, ao ser aberta, revela um individuo baixinho com boné e uma camisa com uma estampa meio suja escrita "Pizza do Zé Manuel".

- É uma entrega de pizza Digníssimo Magister!
- Pizza?! Quem foi que pediu pizza?!
- Fui... er...eu.
- Frater Maionesius, como é... que você pede uma pizza numa hora dessas?!
- Ué, pelo celular, ora bolas! Não almocei nem jantei hoje, to cheio de fome!
- Ah, dane-se! Vamos continuar assim mesmo, quem quiser participar, participa! Bem, todos os membros da Ordem já são conhecedores de nossos Mistérios Maiores, requisitos principais para nossas operações!

Frater Obcenius falava dos Sagrados livros de Terry Pratchett e Douglas Adams.

- Então comecemos a Grande Evocação do FNORD Final!
- Oh, Frater Obcenius...
- O que é agora Frater Ornitorrincus?!
- Que caralho de porra é esse de FNORD mesmo, hein?

Conta a lenda que naquela auspiciosa noite de 23 de Maio de 2003, um individuo com uma túnica roxa brilhante saiu correndo e gritando como um louco pelas ruas do Rio de Janeiro, mais precisamente lá pelos lados da Lapa, com um imenso livro nas mãos, gesticulando como um insano e falando coisas que nenhum mortal podia entender.
Ele ficou conhecido como Profeta do FNORD Insano, não era nada dado a Gentileza, já que costumava mandar ir se foder qualquer um que lhe viesse com muitas perguntas ou interrupções quando falava.

00123